世界神话与传说丛书

INDIAN
MYTHS & LEGENDS

印度
神话与传说

【英】玛丽安·多萝西·贝尔格雷夫　希尔达·哈特 编著

【英】哈利·乔治·西亚克 绘

中央编译出版社
CCTP　Central Compilation & Translation Press

图书在版编目 (CIP) 数据

　　印度神话与传说 /（英）玛丽安·多萝西·贝尔格雷夫,（英）希尔达·哈特编著；丁嘉明译. —北京：中央编译出版社，2023.3
　　（世界神话与传说）
　　ISBN 978-7-5117-4176-9

　　Ⅰ．①印… Ⅱ．①玛… ②希… ③丁… Ⅲ．①神话—作品集—印度
Ⅳ．① I351.73

　　中国版本图书馆 CIP 数据核字（2022）第 090867 号

印度神话与传说

选题策划	张远航	
责任编辑	赵可佳	
责任印制	刘　慧	
出版发行	中央编译出版社	
地　　址	北京市海淀区北四环西路 69 号（100080）	
电　　话	（010）55627391（总编室）	（010）55627362（编辑室）
	（010）55627320（发行部）	（010）55627377（新技术部）
经　　销	全国新华书店	
印　　刷	北京雅昌艺术印刷有限公司	
开　　本	670 毫米 ×889 毫米 1/16	
字　　数	129 千字	
印　　张	15	
版　　次	2023 年 3 月第 1 版	
印　　次	2023 年 3 月第 1 次印刷	
定　　价	58.00 元	

新浪微博：@中央编译出版社　　**微　　信：**中央编译出版社（ID：cctphome）
淘宝店铺：中央编译出版社直销店（http://shop108367160.taobao.com）（010）55627331

本社常年法律顾问：北京市吴栾赵阎律师事务所律师　闫军　梁勤
凡有印装质量问题，本社负责调换，电话：（010）55626985

序　言

　　你听过"东方的呼唤"吗？那些住在太阳升起地方的人听到过。它呼唤着人们回到蓝天，回到充满香气的微风中。那里，鸟儿有着彩虹般七彩的颜色，蝴蝶和甲虫就像绿色、红色和蓝色的宝石一样；那里的萤火虫点着小灯，在寂静而芬芳的夜晚飞舞着；那里有供人采摘的美味的水果，有采集不完的美丽的花儿。生活在此如同在仙境一般。

　　我知道还有另一个画面，但那些听到呼唤的人却忘记了它，只记得那金光闪闪的荣耀。

　　现在，如果你早上起来发现自己身处仙境，晚上发现自己在仙境中入眠，日复一日。那么，真正的印度仙境是什么样子呢？在丰富的想象中，他们的故事和传说是什么样子，该怎样用明亮又美丽的和谐色彩描绘？

　　现在，它们就在你面前，用你自己的判断，来一场奇特而迷人的故事盛宴，让视觉享受美妙的画面。我相信你会感受到那个太阳升起之处的魅力，感知那些听到过"东方的呼唤"的人的梦想。

埃里克·弗里登堡

目　录

索 命 绳

　　很久以前，有一位国王统治着印度一片疆域辽阔而又富饶的疆土，他被誉为这片领土上最优秀的骑手。他能驾驭最烈的骏马，驰骋如风。事实上，所有的马似乎都知道他是它们的主人。凭借驭马的能力，他被人们奉为马王。

　　现在，虽然他名利双收，还拥有一位美丽的王后，但他却从来没有快乐过，因为他膝下无子，这在他的王国被视为厄运。于是，他一个寺庙接着一个寺庙祭拜，献上祭品，虔诚祈祷、怆然泪下，但依然一切都是徒劳。神灵们似乎对他抱有怨恨一般。

　　最后，他把他的首议大臣那罗达叫到身边，说道："那罗达，虽然我已经结婚五年了，但我的王位仍然没有继承人。我该做些什么以

祈求神灵庇佑呢？"

那罗达是一位圣人、先知，也是一位谋士，他回答道："哦，国王，神灵们一直都钟爱寺庙之美。"

马王接着拍了下手，十二个奴隶立即出现在他的面前，跪在地上，听候吩咐。

马王喊道："召集所有能工巧匠，给我建一座比三棵高大的棕榈树加起来还高的庙宇。里里外外都涂上金子；门前要有一百级白色大理石阶，屋顶要有数不清的塔和穹顶。要让它成为人类有史以来最精妙绝伦的寺庙，让众神之王梵天也无法对其不屑一顾。"那罗达喊道："对，马王，就这么做。"接着和仆从一起退下了。

不到几个月，寺庙闪亮的尖塔就直冲云霄了，周围种满了香甜的花朵和具有神奇疗效的灌木，还有一些羽毛鲜艳的鸟儿在树上筑巢唱歌。后来的十八年里，国王每天都会去这所圣殿，向梵天和他的妻子莎维德丽献上特殊的祭品，希望他们能赐予他一个儿子。但是，还是一无所获。

他的王后和贵族们，甚至是那罗达，都已经完全放弃了希望。直到有一天，当国王像往常一样把祭品放在梵天的神龛上时，他仿佛看到一个人影从祭品燃烧的火焰中现身。他定睛一看——肯定自己没

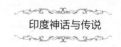
有看错。然后他听到了一个声音——一个女神的声音，因为声音很甜，就像远处山羊铃铛的叮当声。声音虽然很小，但却响彻整个寺庙："你的虔诚感动了我，我是莎维德丽，梵天的妻子。说吧，你想要什么？"

国王几乎不敢答话，他抬起颤抖的脸说："女神，我希望有一个儿子，这样我的名字就不会从这片土地上消失了。"这个清脆甜美的声音回答道："我会给你一个女儿。"当国王再次抬眼看向神龛时，火已经熄灭，祭品也已烧尽，但灰烬却化成了一个小婴儿的形状。

不久之后，王宫里一片欢庆，王后生了一个女儿。这孩子的头发像太阳般闪耀，眼睛像荷花一样动人。她是上天赐予的礼物，那么美丽，她的父母都不舍得让她离开他们的视线。宫里的朝臣和仆人们都在私下议论，她一定来自天堂，根本就不是人类的孩子。当宫里宣布这个孩子的名字叫"莎维德丽"（以梵天之妻的名字命名），长大后也将嫁给一位国王时，人们更加坚定了自己的想法。

时间一天天过去，莎维德丽从孩童成长为少女，她的父亲觉得是时候从邻近国家的王子中择婿了。

一天，国王对她说："女儿，你愿意结婚吗？"

她回答说："父亲的意愿就是我的意愿。"国王说："走吧，那就

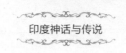
到我们邻国国王们的宫殿里去，在众多王子中挑一个。"

国王相信女儿的判断，因为莎维德丽在她成长的短短的几年里已经充分证明了她的智慧和美艳可人。国王知道她还对自己藏着一些智慧，以及比凡人更强大的力量。

她高兴地把侍女们叫到身边，挑出了四个她最信任的人，吩咐道："给我备下马车，我们要出远门了。给我的白牛套上轭，戴上珠宝制成的套子。"一切准备就绪，她却命车夫走那条通往森林深处寺庙的蜿蜒隐蔽的小路。那里有远离世俗的快乐生活，住着许多隐士，他们在祈祷、禁食和行善中度过一生。莎维德丽决定从他们之中寻觅一位丈夫，而不是在她父亲的贵族朋友中寻找。因为她知道他们中的大多数不管爱不爱自己，都会因为财富而与她成婚。

过了许多天，车夫告诉她看到了一座修道院，于是莎维德丽和她的侍女们下了马车，虔诚地走向一个看起来光秃秃的小庙，庙边用树叶和树枝搭了一个小屋。在小屋里，她们见到了一个年迈的老人，与他交谈令她们获益匪浅；接着，她们听从指引到了下一个修道院。她们穿过森林，与各路的圣人和贤人打交道。但是，尽管这些人德高望重，但也都老了，头发花白，颤颤巍巍。而莎维德丽渴望的是一个年轻、强壮、善良的青年。

她笑着对侍女们说："如果我劝说梵天的选民离开森林，重新回到城市和宫殿过快乐的生活，梵天绝不会原谅我的。"

最后，她来到一个比她以往见过的住所都大的地方，门口坐着一个垂暮之年的老人，和大多数的森林隐士一样，但他有一种与他们不同的气质。事实上，他不是牧师，而是一位国王。多年前，他双目失明，被宿敌赶出了王国，敌人篡夺了他的王位，并威胁说如果他或他的家人踏入沙勒瓦的土地，就会被立即处死。正当莎维德丽站在那里看着这个失明老人，想知道他是如何在这种贫困的境地中保持体面的，原因又是什么时，一个骑着黑马的年轻人从树丛中冲了出来，边骑边唱着歌：

"太阳照着我的脸，想要刺痛我；但它射向我的箭，只让我发笑。今夜我见月，让她的清凉满足我的渴望，她的香气也会落在我的心上。"

公主自言自语道："你穿得像个农民，但你坐在马背上的样子却又像个王子，你唱歌时也像个诗人。" 当她看到他的脸时，她大声笑了起来，因为她知道，她终于找到自己的伴侣了。

年轻人骑着马前往老人的住处，拴好马，然后向老人温柔地致意，接着他们都穿过门消失了。

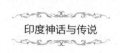
莎维德丽说:"来吧,我的女孩们,我们不需要再走了。我们一起恳求这些善良的人们,让他们收留我们几天,过几天我们就可以回家了。"

毫无疑问,沙勒瓦的老国王非常欢迎这些女孩们,并告诉她们,现在她们可以了解农民生活的幸福和满足了。他还向她们诉说了自己的不幸。他和他的妻子以及他们的小儿子撒提亚万二十年前被赶出了沙勒瓦,此后一直过着隐士的生活,但至少这让他们远离了邪恶的宿敌。撒提亚万一直站在树荫里,看着莎维德丽。时间慢慢过去,他的爱意也日渐浓烈。没过几天,他们就发誓要永远忠于对方。莎维德丽告诉他,她必须回到父亲的王国,请求他同意他们的婚事。然后,她就会回到森林里,将他视为自己的丈夫,一生都追随他。

莎维德丽回到父亲的官殿。这一天他正在和那罗达议事,恰好这时这个圣人也在询问国王关于他女儿的一些问题。他说:"王啊,你知道的,孩子们在长大成人的时候结婚是梵天的意愿啊。"

国王回答道:"抬头看看吧,那罗达,现在莎维德丽回来了,她会告诉你她是否找到了自己的丈夫。"

莎维德丽跪在国王脚下哭着祈求祝福,说:"是的,陛下,我找到他了。从衣着和行头来看,他是穷人的儿子;但从本性来看,他是

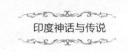

英雄；从出身来看，他甚至可以称为王子。他有年轻神灵的面容和仪态，却也有农民的淳朴和真实。"

"女儿，他叫什么呢？"

"他的名字是撒提亚万。"

她还没来得及再说些什么，一听到这个名字，那罗达冲上前，举起一只手，严肃地说："不，公主，不应该是撒提亚万。"

但莎维德丽只是微笑着回答："圣人，就是他，不是别人。"

国王要那罗达解释一下为什么这个王子的名字会让他如此激动。

"难道这个年轻人不高贵、勇敢、强壮吗？他难道不是我女儿所说的那样吗？"

"陛下，他确实如公主所言——而且更甚于此。"

"那么他已经订婚了吗？他是否受到众神的诅咒？说吧，那罗达，我看你比我们知道得多。"

那罗达低下头，低声说出了这个可怕的秘密："命运已经为他设下了绞索。死亡之神阎摩正伴随着他。一年之内，这位王子必死无疑。"

一瞬间，莎维德丽踉跄了一下，脸色发白。突然，似乎有一个

声音在她内心深处低语："勇敢些！众神难道没有耳朵、没有心吗？"
她的脸色随即恢复了，她站了起来，说道："那罗达，你已经预言
了，剩下的就是让我来祈祷了。即使知道这个厄运，我也不会动摇。
就算我必须当寡妇为他守寡五十年，撒提亚万在这一年也要是我的
丈夫。"

圣人站了一会儿，头垂在胸前，长长的斗篷直接盖住了他的
脸。国王和公主大气也不敢出，因为他们猜测圣人正沉浸在预言的梦
境中。最后，他敞开斗篷，向莎维德丽举起双手，似乎是在祝福。他
说："马王的女儿，祝你平安。"然后转身离开了。

"他是什么意思，父亲？"当他轻柔的脚步声消失在大理石走廊
上时，公主问道。

国王回答道："我不知道。他没有阻止你的婚姻，这对我们来说
就够了。孩子，你的命运应当由你自己决定。现在，你已经知道他受
到了诅咒，还要嫁给这位森林王子吗？"

"我绝不嫁给别人。"公主干脆地回答道。

第二天，王室宣布莲眼公主（老百姓这样称呼她）不久就会嫁
给一个住在很远的地方的领主，而且，由于旅程漫长且无聊，只有她
的父亲可以陪同。准备工作很快就完成了，接着，马王和他光彩照人

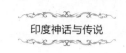
的女儿就向森林出发了。他们驾着牛车，给新郎的父母带去了丰富的礼物。但是，当沙勒瓦国王听说他们来到了他简陋的住所时，大吃一惊，惊恐不已。

他问道："这怎么可能呢？你的女儿，天赐的公主，在这个颓圮的国家该怎么生活呢？我们该给她吃什么呢？谁来照看她呢？我们在这里过着农民的生活，没有珠宝，没有仆从，更没有丝绸的坐垫和柔和的音乐。我们睡在坚硬的土地上，吃着森林里的浆果和水果，用兽皮和树皮做衣服，我们唯一的乐趣只有节制和祈祷。"

莎维德丽拉着盲人老者的手，解释、安慰了他一番。于是，老人不再犹豫，而是把他的客人带进了长满树叶的房子，向他的妻子介绍他们是谁、为什么来。

不久，撒提亚万打猎归来了。当晚，莎维德丽就嫁给了他，许多住在附近的隐士都来祝福他们。所有人都惊叹于公主的美丽，并盛赞她甜美的嗓音和端庄的举止。她摘下了所有的珠宝，换下她的华服，穿上了森林里的人穿的棕色树皮衣服。人们欢欣鼓舞。

马王很快和女儿告别了，并告诉她，嫁人一年过后，一定要回到自己的国家和人民身边。

时光飞逝，在撒提亚万看来，他的新娘每时每刻都那么可爱、

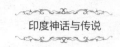

温柔，从来没有一个人像他这样幸福。莎维德丽也很幸福，但她有时会离开王子，独自走到森林深处哭泣，因为厄运即将来临。最后，这一刻还是到来了，她经常听到一个声音在低声告诉她一个令人心碎的事实——她丈夫的生命只有三个多月了。于是，她决定竭尽所能，不分昼夜地陪在他的身边。"或许这样，在阎摩接近我的丈夫，把绳索套在他的脖子上时，我就可以第一时间看到他，然后阻止他、说服他，或者用智慧战胜他。"就这样，她观察着，等待着，昼夜不眠不休，直到第三天的黎明。早上，盲人父亲让他的儿子到森林里去砍一些嫩竹，带回家准备第二天的祭祀活动。莎维德丽请求与他同行。考虑到她以前从未求过自己，老人同意了，但告诉她不要妨碍年轻人的工作。

撒提亚万奔跑着，跳跃着，吹着口哨，心情愉悦。但他发现他的新娘却垂头丧气的，因为他记得，通常情况下，她比他走得更远、更快。唉！他不知道她走路时正因恐惧而四肢瑟瑟发抖，也不知道她是如何绕着一棵一棵的树走着，只为了在阎摩到来时第一个发现他。他们很快就到了砍竹子的地方。撒提亚万举起斧头，但还没来得及砍第一下，斧头就从他手中掉了下来。

"哦！哦！"撒提亚万冲莎维德丽叫道，"是什么弄疼了我？我头

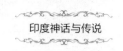
疼欲裂，肌肉也没有力气了。快坐下来，让我把头放在你的腿上，我想睡一会儿了。"这时，莎维德丽知道，丈夫的死期就要到了。她按照他的要求坐了下来，但他的头才刚碰到她的膝盖，她就意识到一个可怕的身影正朝他弯下了腰。它高大瘦削，通身发绿，眼睛火红，手里拿着一根长长的索命绳。

莎维德丽清楚地知道，这是阎摩，死亡之神。但为了再给自己一点思考的空间，让自己平静下来，她慢慢地从地上站起来，在他面前垂下头，说："巨人，你是谁？"

那身影回答道："不要问我的名字，莎维德丽，我是来找撒提亚万的，他大限已至了。"

他迅速将索命绳抛向沉睡的王子，套住了他的灵魂，把灵魂从他的身体里抽出。然后他把灵魂拖在身后，以闪电般的速度向南面迅速离开了。但莎维德丽比其他凡人的脚步都要迅速，爱给了她翅膀，她紧紧地跟在阎摩的后面。

"回去吧，姑娘，你已经跟得够远了。回去吧，好好地埋葬你丈夫的尸体吧。"但莎维德丽回答说："不，伟大的阎摩，当我嫁给我的丈夫时，我发誓，无论他被送去哪里，或被带到哪里，我都要永远追随他。自从我立下这个誓言以来，我没有做过任何错事，因此诸神没

有权力让我违背誓言。"

阎摩说:"你没有撒谎,你的回答让我很高兴。你可以再向我索取一份礼物,但不能是你丈夫的生命。"莎维德丽想了一会儿,然后请求让老沙勒瓦人的国王恢复视力和健康。

死神说:"这个可以。你现在赶紧回去吧,活人不能来这里的。"

莎维德丽再次拒绝了,又停下来思索片刻。她知道没有人爱阎摩,知道他甚至在神中都没有朋友,所以决定奉承他一番。

"阎摩,一个凡人如果和那些有德行的人打交道,就会被众神所喜,这是真的吗?"

阎摩答道:"是的。"

"那么你就不能强迫我和你分开,因为你是有德行的,而我留在你身边会更讨诸神欢心,而且你也是诸神之一。"

阎摩听了这话很高兴,告诉莎维德丽,由于她的善意,她可以从他那里得到另一份礼物。

她说:"请允许我的公公重新获得他失去的王国。"阎摩同意了,第三次要求她回去,赶在她丈夫的尸体被豺狼吃掉之前将其入土为安。她说:"这根本不重要,无论豺狼是否吃掉尸体,没有灵魂的身

体又有什么用呢？如果灵魂能从你的索命绳中释放出来，它可以找到另一个身体，但身体却永远找不到另一个灵魂。"

阎摩说："你比大多数凡人都聪明。我还可以再给你一个礼物。"

她喊道："哦，强大的阎摩，赐予我一百个儿子吧！"

当阎摩点头表示同意时，她笑着拍了拍手："如果你真的公正的话，遵守你对人的承诺，那么请释放撒提亚万的灵魂。我不可能与其他男人结婚，因此只有让他复活，才能实现你的第三个恩赐。"

阎摩知道，现在一种比他更强大的力量已经让莎维德丽战胜了他。于是，他解开了绳子，撒提亚万的灵魂飞到了空中，回到了他身体所在的小树林。几个小时后，莎维德丽也回到了同一个地方，她看到丈夫就像她离开时一样躺在那里，似乎已经睡着了。于是，她抬起他的头，拨开他的眼睛。他伸了个懒腰，打了个哈欠。

他问道："你怎么不叫我呢？我一定睡了很久。"

但莎维德丽只是笑了笑，亲吻了他，叫他快点跟她走，因为太阳已经落山了，黑暗笼罩着大地。于是他们手拉手回到了他们的森林家园，在路上莎维德丽向丈夫讲述了发生的一切。

回到家，他们发现父母正和一些隐士一起，欢欣鼓舞，因为老

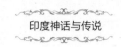
人的视力在那天下午突然恢复了。就在莎维德丽讲述这个可怕的冒险经历的时候，一个信使来了，说老国王的宿敌已经被杀死了，这个国家的人民希望他们以前真正的君主回来统治他们。

第二天，莎维德丽和撒提亚万与他们的父母一起，跟随使者回到了沙勒瓦王国，在那里度过了幸福的余生。正如阎摩承诺的那样，莎维德丽生了一百个儿子，在每个儿子的十岁生日时，都会举行盛大的宴会。宴会结束后，王后（也就是莎维德丽，后来她和撒提亚万登上了王位）会向整个宫廷和家族讲述她是如何将国王从索命绳中拯救出来的。

"谁来买我的杠果？"

得知梵施王着急结婚，国王、王子们不远万里带着女儿来拜见他。但是，虽然这些少女美艳动人，梵施王却一位也没有选择，反而一直在找理由轮番拒绝他们——第一个太聒噪多舌，第二个太沉默寡言，第三个太严肃，第四个心浮气躁等等，直到最后每一位公主都被他拒绝了。最后一位出身高贵的少女离去后，梵施王郁闷地静静坐着。这时，一位侍臣小心翼翼地来拜见他。

侍臣说道："哦，我的国王！现在这些公主没有一位得您的青睐，那您打算去哪儿找一位配得上您的姑娘呢？"

梵施王伤心地答道："我不知道。但是，不找到一位让我心动的姑娘，我是不会结婚的。"此时，他正坐在宫殿里，像往常一样斜躺

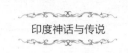

着面朝打开的窗户。在这里，他的子民看不到他，但他却可以看到宫殿外集市上的他们。外面欢欣祥和，阳光洒在闪闪发光的盔甲、成捆的昂贵丝绸、价值连城的珠宝上，一派节日的氛围。商人们穿行在人群中，他们高声叫卖着，声音回荡在集市上空。从这里面，梵施王听出了一个如铃声般清脆的声音，喊着："杧果！谁来买我的杧果？"

这个悦耳的声音让国王心情大好，他急忙在集市的人群中寻找，终于找到了这声音的主人。国王的目光停留在了贫穷果商的女儿苏加塔的身上，她正忙着招揽生意。苏加塔美得如黎明一般，衣衫褴褛也掩盖不住她的美貌。她在忙着卖杧果，完全不知道国王正注视着自己。

梵施王叫道："她美得让人神魂颠倒！"他转向侍臣，命令他立刻把这个女孩带到他的面前来。

苏加塔被领进了宫殿，瑟瑟发抖、目光茫然。国王没有看错：苏加塔艳色绝世，她的美貌、淳朴和谦逊赢得了国王的心，以致他根本无心思考或谈论其他事。侍臣们凑在一起窃窃私语："国王连这个国家所有出身高贵的姑娘都拒绝了，他肯定不会去娶一个果商的女儿。这事绝不可能发生！"

但梵施王却正打算这么做。在与苏加塔见面的第二天，他就宣

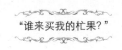

布："就算把我的王国翻个底朝天，我也找不到比苏加塔更完美的妻子了。"于是，虽然对突如其来的荣耀战战兢兢，苏加塔还是同意了与国王的婚事。婚礼盛大而又隆重。

国王和王后在一起生活了一段时间，相敬如宾。但没过几个月，梵施王就发现妻子发生了一些变化，他开始惴惴不安。苏加塔一如既往地光彩照人，她的美丽令国王心醉，但她起初吸引国王的淳朴与谦逊却消失了，只剩下冷漠与疲惫。一旦有什么不顺心的，她就把怒火发泄到那些整日胆战心惊的仆人身上，其中不少人因犯了点小错被她赶走了。

然而，直到他们结婚两周年的时候，国王才对她失去了耐心。他为王后举行庆祝宴会，他们坐在一起，品尝着面前的佳肴珍馐。梵施王与朋友们高谈阔论，但苏加塔却沉默不语，不屑一顾，甚至没有和国王说一句话。宴会前一些小事令她不悦，她没有心情做出一副和蔼可亲的样子。饭后，一盘盘水果摆在了客人面前——石榴、美味的梨子、杜果、枣子、无花果，不胜枚举。

国王亲手把一个精美的杜果放在苏加塔的盘子里。

王后冷冷地问道："这是什么东西？我得把它吃掉吗？"

梵施王几乎不敢相信自己的耳朵。

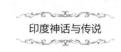

他喊道："终于到这个地步了！我让你成了王后，现在你却想把过去抛诸脑后了！骄傲无礼的女人，你在市场上卖杧果的时候我发现了你，现在，你该回到市场上，去学学什么是杧果。去吧，我不会再和你有任何瓜葛！"

苏加塔胆战心惊地离开了宴会，从那天起，就再也没有人听到有关她的任何消息了。

梵施王本打算再也不见她，但他却忽略了自己对她的感情。没有这个美丽王后的生活难以为继。他完全忘记了她这些日子的缺点，只记得她在他们结婚初期的魅力。一段时间后，他难以忍受对苏加塔的思念，派使者到城里去找她，求她回到自己身边，但没有找到。她从王城中消失了，没有人知道她去了哪里。

于是，梵施王踏上了寻找她的旅程。过了很多天，他来到了一个陌生城市的市场上。在嘈杂的人声中，他听出了那个熟悉不过的声音："杧果！谁来买我的杧果？"他在人群中看到了苏加塔。和从前一样，她依然穿着破旧的衣服，但是，她的美貌却因贫穷和近来无尽的泪水变得黯淡无光。不过，在梵施王的眼中，她还是和以前一样可爱动人。

梵施王急忙从他的一个侍从那里借来一件斗篷，遮住脸，走到

苏加塔面前,用假声问道:"姑娘,你在卖什么呢?"

"杧果,上等的杧果,先生。"她回答道。

国王卸下了他的伪装,叫道:"哦,苏加塔!既然你已经记起来什么是杧果了,那就求求你和我回去吧!"苏加塔扑倒在他的脚下,乞求他原谅自己的愚蠢行为。国王扶起她,温柔地拥抱了她。

然后,他们一起回到了梵施王的宫殿。从那以后,王后又恢复了国王喜欢的善良温柔的样子。

兄弟历险记

第一章 箭敌

很久很久以前，老奇武王毗湿摩统治着印度的大片疆土。他实在是太老了，老得没办法继续履行他国王的职责。但他的儿子中，大儿子持国是个盲人，小儿子般度已经死了。所以在这两个儿子的孩子长大成人、能够接管国王的职责之前，他们白发苍苍的祖父还得既当他们的监护人，又守护着王国。

持国的继承人名叫难敌，是一个勇敢但嫉妒心很强、野心勃勃的年轻人，他和他的众多兄弟一起被称作"俱卢族"。般度只有五个孩子，他们被称为"般度族"：长子坚战；老二怖军；老三阿周那，

在他还是个婴孩的时候就表现出非凡的力量和勇气；最小的是一对双胞胎，他们总是一起玩耍、干活、打闹、哭泣。

现在，老毗湿摩非常着急，希望这两个家族的堂兄弟们能得到训练，干出一番事业来。但是，不管怎么努力，他都找不到真正能够胜任教这些孩子作战的人。由于难敌和坚战现在即将成年，但还不怎么会使用武器，老国王更忧心了。

但是一天，这两个孩子却走运地自己找到了老师。

当时，他们正在一口井边玩耍，其中一个把绘制精美的画着猴子、老虎和其他森林生物图案的球踢进了水里。他们想用棍子和石头把球打捞上来，但最后球却沉到了水底。他们正准备放弃时，般度族中最得宠的阿周那看到不远处的一个僧侣盘腿坐在地上，认真地看着他们。

他对其他人说："我们问问那个老婆罗门。毗湿摩爷爷经常告诉我们，一个优秀的僧侣是会魔

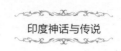

法的，也许他能教我们如何拿回我们的球。"

于是，小伙子们走到老人面前，告诉了老人他们遇到的麻烦。看到老人对他们微笑，认真点了点头时，他们放心了。

老人说："呸，小王子们！你们真的是著名的俱卢族和般度族，王室的子弟吗？难道从井底把球射出来这样简单的任务你们都完成不了吗？呸！呸！谁是你们的射箭老师？"

小伙子们回答道："我们没有射箭老师。但是，尊敬伟大的先生，我们丢失的球还能射上来吗？告诉我们怎么做！告诉我们怎么做吧！"

这时，婆罗门从他的手指上摘下一枚红宝石戒指，并把它扔到球上。

他说："这样，我不仅能把你的玩具找回来，我的戒指也一样可以回来。"让王子们惊讶的是，他拔了一把草，选了一片草叶，精确地瞄准了球。可以清楚地看到，球在水面下大约五十英尺①处。草叶刺穿了球，就像针刺进了丝绸一样。然后圣人又扔出了另一片草叶，

---

① 1英尺=30.48厘米。

这片草叶击中了第一片的上半部分，然后他又扔出了另一片，最后，这些草叶成了一条完美的草链。用这个草链，他轻轻松松地就把球拉到了水面上。

王子们屏住呼吸看着这场表演。他们大喊着："好啊，好啊！""哦，聪明的婆罗门！""现在把戒指拿上来吧，把戒指拿上来！"

这个僧侣立即拿起弓，小心翼翼地从箭筒中选出一支箭，射入水中。你可以想象当他拿回滴着水的箭，箭的一端还带着那枚戒指时，孩子们的惊讶和喜悦之情溢于言表。

男孩们拍起手来，转着圈欢呼雀跃。这场魔术甚至比那些走街串巷的托钵僧表演的舞蛇、吞剑之类的魔术更吸引人。但俱卢族的老大坚战却让大家安静下来，他走上前问婆罗门，他和他的兄弟们该怎么回报这精湛的技艺。

"告诉你的祖父，强大的毗湿摩，我德罗纳用弓箭的技艺可以媲美他用权杖，我不远万里来到这里，饥渴难耐了。"

小伙子们带着消息跑到皇宫，来到国王身边，都想成为第一个传递消息、讲述他们新朋友非凡技艺的人。

一听到这个消息，毗湿摩就喊道："德罗纳来了！快去快去，我的孩子们，把他带到这里来。"他还没来得及说话，两个侍从就拉开

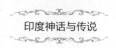
了大厅门口挂满装饰的帷幔，婆罗门站在了国王面前。他朝国王深深地鞠了一躬，然后盘腿坐在地板上，头靠在手上。

老国王说："欢迎你，德罗纳。虽然我们之前素未谋面，但对于你的战斗能力和你极为圣洁的名声我早已有耳闻。你找我做什么呢？"

僧侣说："哦，毗湿摩，我想和你单独谈谈，我会说出我的故事。"

于是，国王遣散了宫殿里的人。这个僧侣继续说道："国王，在我年轻的时候，我与王子和王子的儿子们一起长大，一起训练。在我最亲爱的战友中，就有现在的般遮罗国王木柱王。我们在分别时，互相起了誓，虽然很幼稚，但我们许诺永远保持友谊和忠诚，在对方需要时定要伸出援手。"

"过去的几年，早些时候我一直致力于保持圣洁，过着贫穷的生活，放弃了我所有的财产，和森林中的隐士们住在一起。但几年后，我结婚了，有了一个儿子，为了他，我决定再次还俗，回到城市生活。在我需要帮助的时候，我先去找了木柱王，让他给我些钱和衣服，帮助我招到足够多学生，教他们使用武器，以便以此为生。之前，即使在森林里，我也没有丢掉我的这一天赋。但是当时，木柱王

却轻蔑地把我打发走了，还说一个穷僧人不配和国王说话，说他不认识我，也没有听说过德罗纳这个名字。"

"因此，哦，毗湿摩，我发誓以后他定会让他哭着记住我的名字。但我复仇的时机还没有到，在这一天到来之前，我必须成为一名教师。我听说你正在为你的孙子们找这样的一个人。"

毗湿摩回答说，从现在开始，德罗纳可以住在官殿里，担任俱卢族和般度族兄弟们的老师。说实话，这些孩子们也一直热切盼望着这一天。

第二天，德罗纳把年轻人带到森林中的一块空地上。在第一节课开始之前，他让他们围着他坐成一圈，然后严肃地问，如果他教会了他们使用各种武器，让他们比印度的其他王子更能征善战，他们是否可以承诺来日帮助自己实施计划作为回报。

德罗纳没有再说什么。但这些兄弟中大多数都对这个未来的计划感到恐惧，所以都谨慎地拒绝了。这时，有人听到难敌喃喃自语，说盲目承诺是愚蠢的。

只有般度族中的阿周那从圆圈中站了起来，大声发誓无论德罗纳将来要求他做什么，他都会照办。

然后，德罗纳把这个小伙子拉到他身边，亲吻着他的眉毛；此

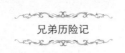

后，这两个人之间似乎有了一种特殊的联系，德罗纳像父亲一样热切而慈爱地注视着他的这个学生，而阿周那也比其他人更亲近他的老师，并时刻牢记这位虔诚的老者说的每一句话。

不久之后，阿周那的能力就超过了他所有的同伴，他几乎可以和德罗纳本人一样熟练地操用武器，尤其是弓和箭。

一天晚上，他们在森林里上课、练习，直到太阳下山、黑暗笼罩，他们突然发现已经离家很远了。于是，德罗纳让他们就地坐下，给了每个孩子一些米饭和水果，以免他们练习了一天后饿晕了。阿周那边吃边想，为什么漆黑一片时，他什么都看不见，却还可以轻易地把食物送到嘴巴里呢？

阿周那想："那是因为我的手已经习惯了这样的动作了啊！那么同样的这只手，如果一直练习拉弓射箭的话，难道还学不会不需看，仅仅听声音就射中目标吗？"他立刻跳了起来，开始在黑暗中练习，瞄准周围树上鸣叫的鸟。

德罗纳听到了弓弦的响声，走到他身边，拥抱了他，告诉他，弓箭手阿周那的名字终有一天会名扬世界。

难敌就站在附近。他一直以来就嫉妒堂兄的技艺，现在他愤怒地咬着牙，想："如果我自己不能和你匹敌的话，我会倾尽一生找到

一人打败你。弓箭手阿周那！真的！我恨死你了！"这个心怀嫉妒的
年轻人越来越愤怒，妒火中烧，然而阿周那的能力也在一天天长进。

现在，虽然德罗纳受雇于毗湿摩国王，但许多来自邻近地区的
王子和贵族也可以到他的班级中学习，国王也并不担心这些年轻人会
比自己的孙子习得更强大的武艺。在这些外来的人中，有一个叫迦尔
纳的小伙子，性格忧郁，沉默寡言。他除了相貌谈吐有点贵族血统的
样子，几乎没有什么值得一提的，也没有人知道他父母的名字，但德
罗纳依然收下了他。因此尽管有很多关于他的猜测和故事流传，他在
这些学生中的平等地位却从未受到过质疑。

从迦尔纳来的那天起，他就表现出了对各种武器惊人的天赋。
而且，由于他学习努力，认真听讲，武艺很快就超过了他的同伴。后
来，人们甚至觉得他的武艺甚至和阿周那不相上下了，两人也成了惺
惺相惜、感情深厚的对手。

难敌很快注意到了这一点，于是想尽一切办法与迦尔纳结交。
一天，他悄悄送给了他一份礼物，有一枚红宝石、一枚绿宝石、一袋
卢比、一头小象和一个雕刻着千种人物的价值连城的乌木盒子，打开
这盒子还能闻到香味。

迦尔纳自然而然地被俱卢族这位最年长的王子的举动征服了。

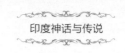

很快，难敌开始挑拨迦尔纳和阿周那之间良好的竞争关系，煽动起他们敌对仇恨的情绪。起初，他并没有看到什么进展，但后来，学生们逐渐注意到，这个沉默的青年几乎不和般度族人说话了，而是越来越多地和俱卢人在一起。

最后，德罗纳决定通过一次公开的射箭比赛来考核学生们的武艺。于是，他买了一只人造的鸟，把它放在高高的树顶上。然后召集了他的学生，对他们说："大家站在离这棵树三十步远的地方围成一圈，准备一个一个地射击。看到树枝顶上的那只鸟了吗？你们要尽力把它的头射下来。"

男孩们非常兴奋，纷纷摩拳擦掌，每个人都在练习瞄准，希望自己能第一个完成任务。

德罗纳说："难敌是兄弟们中的老大，所以他第一个来。"难敌稳稳地站着，举起了他的弓。

他的老师喊道："告诉我，王子，你看到那只鸟了吗？"

难敌回答道："我看到了。"

"你具体看到了什么？是你的兄弟，是我，还是那棵树，还是那只鸟？"

"我看到了你所说的一切，老师。我看到了鸟、树、你还有我的兄弟们。"

"放下弓吧，王子，站到一边去，你不能参加这次的考核了。"

难敌不知道自己说错了什么或者做错了什么，为什么不能参加考核。他退了下去，但还是无法克制内心的羞愧和失望，因为他觉得自己本可以射掉目标的头的。

德罗纳让他的学生们一个接一个地上前，问了他们同样的问题，却得到了同样的答案："是的，老师，我们看到了您和我们的兄

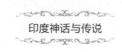
弟，看到了树，看到了树顶上的那只鸟。"最后，除了迦尔纳和阿周那，所有的人都被取消了资格。老德罗纳流下了眼泪，他很生气，因为没有一个学生通过这个非常简单的测试。

他哭着说："唉！难道我辛苦了几个月，连这样简简单单的目标都实现不了吗？来吧，迦尔纳，要么由你，要么让阿周那来射出这支箭吧，要是都失败了，我就在整个王宫面前都羞得无法抬起头来，要把武器永远埋在森林里了。"

迦尔纳举起了弓，拉紧了弓弦。

老师问道："你看到了什么？"

他回答说："先生，我看到了树和鸟。"

"退后吧，你也不行。阿周那，你试试。你也看到了树和鸟吗？还有我，也许还有你的兄弟们？"

阿周那迅速回答道："不，我既看不到他们，也看不到你；我既看不到树，也看不到树枝；只看到了鸟。"

德罗纳用颤抖的声音说："和我说说，这只鸟长什么样子。"

"老师，我不行，因为我只看到了它的头。""那就射吧！"老人高兴地叫道。阿周那放出一支箭，箭呼啸着飞上天，干脆利落地把鸟的头和身体一分为二。德罗纳转身对其他人说："哦，我的学生们，

你们这些粗心大意的家伙，我告诉过你们多少次，如果一个人的目光从目标上移开了，他不可能射中它的。你们看到了两个、三个、四个，而阿周那只看到一个目标。因此，阿周那就能击中目标，他是你们中的冠军。"

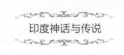
这时，年轻人们才意识到他们的回答是多么愚蠢，于是大声地为这位般度族英雄鼓掌。只有难敌把迦尔纳拉到一边，对他说："难道我们总要被这位冠军打败吗？既然德罗纳这么喜欢他，也可能在考核前就告诉了他这一招呢。"

但迦尔纳回答说："不，王子，我们的老师不会这么做的。阿周那赢得很公正，但在下一次比赛中，你看吧，他不会赢的。"此后，他比以往任何时候都更加认真地练习，夜里也会起来研究有关武器使用的书籍，甚至在白天别人睡觉的时候还在练习。但是，他的耳边总回响着难敌对般度族的恶言，这也慢慢侵蚀了他对般度族这个高贵家族的看法。

第二章　虫胶宫殿

德罗纳在宫里当了三年的老师，现在他觉得自己的学生们，尤其是阿周那，已经准备好实施他的计划了。因此，在询问毗湿摩国王，并征得他对这个计划的肯定后，他召集了王子们，对他们说：

"我的学生们，三年来，我一直勤勤恳恳地教导你们所有的武艺，但却从未收过你们任何报酬。如果你们想或多或少地报答我，就团结起来，去找般遮罗国王木柱王。几年前，他曾狠狠地羞辱过我。

把他绑起来，带到我这里来。"

突袭和实战的想法让这群年轻人兴奋了起来。他们配备好了武器、战车、大象和尽可能多的随从，兵力达到了九百人，在德罗纳的带领下，向般遮罗国出发了。经过三天的行程，终于到达了目的地。

他们在敌人的国土上静静地前进着，声称自己是来朝拜国王的。最后，他们终于到达了都城。一进城门，他们就拔出武器，冲向了王宫，希望在守卫出动前偷袭木柱王并擒住他。然而，木柱王早听说有一队突袭者在城里大摇大摆，已经迅速武装了起来，召集了他的侍卫迎战。他以为只是一小撮暴徒而已，应该很容易被制服。

事实上，当他第一次看到他们时，似乎都不知道该怎么更好地去形容他们，因为由难敌和迦尔纳领导的俱卢族人在兴奋中已经完全失去了理智，他们骑着马大喊大笑，四处乱砍乱杀。

领导般度族人的阿周那认识到，在这样的混战中他的手下是永远不会胜利的。于是，他让他的人先按兵不动，留在后方观战。般遮罗国训练有素的军队步步推进，顽强地迎击俱卢族人的每一次进攻。不久之后，俱卢族就发现自己的军队已经溃不成军，乱作一团；加上他们的领袖都受伤了，无法重整队伍，他们转身向后逃去。

现在阿周那的机会到了。他一边向前冲锋，一边大声鼓励他的

部下。双胞胎在两边保护战车车轮，他的兄弟怖军跑在前面，手持长矛，所向披靡。阿周那自己也笔直地站在车座上，四处射箭，同时指挥进攻。

起初，般遮罗国的部队还能负隅顽抗，但由于他们还没有为第二次进攻做足准备，很快就不得不向英勇的般度人投降了，只有国王还在箭雨中浴血奋战。当阿周那到了离国王战车几米远的地方时，他跳下来，把弓扔到一边，抓住国王的剑，敏捷地把它从国王手中夺了过来。

这个年轻人说："现在你是我们的俘虏了，但我们还会留着你的命，除非德罗纳想杀了你。"

听到这个名字，木柱王吓得脸色发白。当他被带到由胜利的般度族人高高举起的勇士老僧侣面前时，他羞愧地低下了头，想起了他少年时的誓言和他违背誓言的不忠行为。

德罗纳说："木柱王，不要害怕，不要垂头丧气，我并不打算复仇。但是，既然你只愿意与国王们结交，那么从今天起，般遮罗国就一半归你，一半归我。我们都是统治者，也许这样我们就可以结交了。"

木柱王别无选择，只得装作很有风度地答应了这些条件。承诺

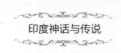
生效后，他发现自己还是以前恒河以南那部分领土的国王，而德罗纳则告别了他的学生，亲自接受了北部领土的王权。

这群年轻的战士们依依不舍地转身回去了。他们意识到，德罗纳已经离开了他们，很快，他们之间友好的森林伙伴关系就会被打破，学校的日子必须让位于生活中的严肃事务了。

凭借领导能力和这次战斗的胜利，阿周那走在了队伍的最前头。人们在旅途中唱起了歌，称颂他的超凡武艺，也打发着旅途的无聊：

"诸神多么庇护般度族王室啊！

哟！阿周那是兄弟中的一员，他能在一根弦上同时放出五十支箭！他能征善战！他征服了般遮罗国人，像一棵棕榈树高高屹立在战士们之中，在阳光下闪闪发光！"

在队伍的最后，难敌和迦尔纳骑着马跟着。当他们听着这首歌时，都低下了头，皱起了眉头，愤怒、羞愧笼罩在他们脸上。难敌低声说道："复仇！"迦尔纳回答说："时机会来的。"直到最后回到毗湿摩的宫殿他们都没再说别的。

象城的人们通过信使听说了般度五兄弟的丰功伟绩，用旗帜、彩带和鲜花装饰了街道和房屋，欢迎他们凯旋。这五个孩子大获全

胜，名声大噪，毗湿摩老国王认为是时候把坚战立为王储，授予其他兄弟荣誉特权了。

这些奖赏让他们的大堂兄妒火中烧，决定不择手段，立刻铲除他的敌人。于是他找到了他的父亲——盲人持国，一个彻头彻尾的软弱无能的人。难敌说："父亲，你看到了，只要我们的堂兄弟们还在皇宫里，我和我的兄弟们就永无翻身之日。我们的祖父很喜欢坚战，而阿周那也凭借自吹自擂、抛头露面赢得了人们的心。他们已经获得了王国最富饶领地的宗主权，毫无疑问，不久整个王国都会被他们瓜分。一旦他们掌握了权力，就会攻打俱卢族。因为他们从小就对俱卢族人包藏祸心。"难敌不停地对父亲说着，终于说服了他。持国同意了他的计划，把般度五兄弟送去印度偏远的地方。难敌想着："那时，我得想出一些手段铲除这些祸根。"但是，他没有和任何人，甚至没有和迦尔纳透露一点点这邪恶的计划，因为他知道迦尔纳是不会用阴招的。

不久，宫廷里的人们议论纷纷，说贝拿勒斯城在未来的一整年里要举办一个极为盛大的节日，规模空前绝后。一些朝臣在难敌和他父亲的秘密授意下，大肆宣传这一节日。他们一直在夸耀城市的风景宜人、公共建筑的宏伟壮丽、居民的富裕幸福以及社会生活的快乐

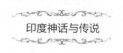

和辉煌。一天，阿周那笑着喊道："今天是湿婆神的节日，他没有看到这样一个城市的兴起就死去了，真是太可惜了！"持国立刻告诉了毗湿摩国王，说："你听到你孙子阿周那的感叹了吗？他想去贝拿勒斯，去看看湿婆的祭祀活动。"

毗湿摩回答说："那就去吧，我的孩子。如果你的兄弟们愿意，就带他们一起去。"

般度五兄弟非常愿意去参观，他们丝毫没有意识到持国和他的儿子，以及十几个受命于他们的朝臣，已经为实现这个目的忙了几个星期了。他们为旅行做好了准备，带着满满一车的珠宝、卢比，华冠丽服，希望凭借外表在贝拿勒斯树立起自己的声望。

一位名叫普罗奇那的宫廷大臣早就被派去了那里，为他们寻找合适的宫殿，并安排好接待他们的各项事务。毗湿摩在同意这位使者离开时，没有想到他已被难敌收买。难敌要求他尽快用虫胶建造一座宫殿。虫胶是一种非常易燃的木材，一点点火星就会造成漫天大火。

难敌命令这位大臣："不惜一切代价，在这座宫殿里装满各种最昂贵的家具。回来后，我父亲将赐予你比想象得还要多的财富。"

普罗奇那的贪婪战胜了良知，他没有和任何人透露这一卑鄙的阴谋，只身出发去了贝拿勒斯，将邪恶王子的所有指示付诸行动。如

果不是五兄弟的舅舅，聪明善良的维杜茹阿长期以来一直怀疑难敌，并暗中发现了王子的阴谋诡计，那么等待伟大的般度五兄弟的命运将是十分可怕的。

因此，在般度五兄弟启程之前，他把他们带到了他的房间里，安排了一名侍卫把守门窗，防止别人刺探消息。在这里，他告诉他们，前路危机四伏，有人正计划置他们于死地。最好的做法是，现阶段先装作完全不知道敌人的计划，他也会时时告诉他们宫廷里的情况，在他们遇到危险时帮助他们逃脱。

全城的人都出来欢送这五兄弟，各家各户都从阳台上向他们抛出鲜花，"湿婆的祝福都带给你们"的声音在大街上回荡。

难敌一反往常的闷闷不乐，迫不及待地向他们送去自己的美好祝愿。五兄弟骑马路过难敌身边时，他高声笑着，唱着歌。老毗湿摩用黑牛拉着的金色马车把他们送到了城门口。告别的时候，他一边流泪一边亲吻每一个王子，给他们祝福，提醒他们在十二个月的节日结束后一定要回来。

维杜茹阿和他们一起骑马到了城外，临别时用密语低声对坚战说："无论白天还是晚上，你们都要防备偷袭。不要忘记，你们的敌人只是在等待机会。仔细观察从贝拿勒斯向外的丛林小道，学会用太

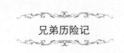

阳和星星指路。当有人带着采矿工具来找你们时，不要拒绝他们；记住，定期往返在恒河上的那艘挂着红色桅杆的商船会帮助你们。"善良的维杜茹阿庄重地拥抱了王子和他的兄弟们，然后就回象城了。

由于他们的名声已经传遍了各地，王子们到达贝拿勒斯时，受到了人们的热烈欢迎。普罗奇那是第一个上前行额手礼的，他恭敬地告诉他们，由于一直找不到足够华丽的房子，所以他雇工人日夜赶工，建造了一座官殿。他说，现在这座官殿里已经布置好了昂贵的家具、侍从、乐师、舞女以及其他各种必备的奢侈用品，可以让他年轻的主人们舒舒服服地住在这里。

般度五兄弟很高兴。但在到达官殿后，他们发现，虽然屋里香气扑鼻，但也掩盖不住沥青、油和其他易燃物的气味。

兄弟们在这个危险的住处待了十一个月，一直谨小慎微。难敌的手下都没有机会执行命令：趁王子们夜晚熟睡，把官殿烧成灰烬。

第十二个月初，一个人来到王官门口，要求觐见坚战。他向卫兵和侍从们出示了一枚刻着符号的戒指，说王子看到这枚戒指就会让他进去。虽然好奇，但这些传递信息的人完全不懂这个符号是什么意思。然而坚战知道，它在维杜茹阿的秘密语言中意味着"朋友"。因此，他命令这个陌生人到他面前。陌生人告知坚战，自己带来了各种

采矿工具，打算开辟一条地下通道，从宫殿后面通向外面的森林。如果发生火灾，所有人都可以通过这个通道轻松逃生。

通道一建成，阿周那就再也按捺不住了。

他说："兄弟们，我已经受够了在贝拿勒斯的这种生活了。看来我们已经用智慧战胜了我们的敌人，或者说他们并没有勇气毁灭我们。既然他们做不到或者不愿意把我们烧死，对我来说，这个宫殿已经和监狱差不多了。不如我们自己去执行他们的计划，放火烧掉这个宫殿。"

一开始，坚战对这个疯狂的计划不屑一顾。但最后他也感到厌倦了，他想再次看到他年迈的祖父和他的好舅舅维杜茹阿，以及象城闪亮的塔楼和拱廊。于是，一天晚上，般度五兄弟借故把他们所有的仆人都支进了城，放火烧了宫殿的前部，然后立刻穿过走廊到达了宫殿后面，进入了地道。顷刻间，整个宫殿熊熊燃烧起来，市民们从城内各处跑来看。大火一直弥漫到天上，比太阳还要热一百倍。太阳在夏天炙烤大地时，人和动物都会热死，更何况这场大火。

侍卫们发出巨大的哀号声，因为他们认为，这些王子可能等不到救援，就已经被活活烧死了。

然而，般度五兄弟这时已经穿过了地道，安全地进入了森林；

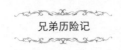
在过去的一年里，他们已经对地道的弯弯绕绕了然于心。走了几英里①之后，他们终于来到了恒河岸边，但如何渡河成了问题。由于他们太有名，如果租船，肯定会被认出来，而且他们希望人们暂时相信他们已经在虫胶宫殿里丧生了。他们正准备转身回到森林里，却看到不远处停着一艘支着红色桅杆的船。

坚战脑海中闪现维杜茹阿的话，于是说："兄弟们，相信我，这艘船和它的船长一定会为我们服务的。"他走近那艘船，喊了一句密语，船长立刻派了一艘小船来接他们。事实上，船长正是他们舅舅的手下，已经在那附近停留了好几个月，等待王子们的到来。

青年们高兴地渡过了河。经历了种种冒险，他们终于在埃卡查克拉镇定居下来。在那里，他们穿着鹿皮的衣服，脖子上挂着神圣的珠串，头发长长地披散着，伪装成长途跋涉而来的婆罗门人。由于他们拥有高贵的气质、渊博的学识，人们纷纷施舍给他们食物。他们就这样生活着，等待着敌人的消息，相信不久之后维杜茹阿会找到他们，告诉他们如何才能安全地回到象城，重新夺权。

---

① 1英里≈1.6千米。

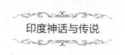

第三章　赌徒之妻

般度五兄弟在埃卡查克拉镇定居不久，就有朋友从象城秘密地给他们带来了消息。他们得知，除了他们的叔叔维杜茹阿和一些亲信，象城的每一个人都相信王子们已经命丧虫胶宫殿了。难敌掌握了所有的权力，逼迫毗湿摩和持国退到幕后，自己成为实际的统治者。所以目前，继续躲藏是最明智的。

但是，当五兄弟听说德罗纳的宿敌——木柱王要举行一场比赛，获胜者将得到他心爱的女儿黑公主般遮丽时，他们喜爱冒险的本能再次觉醒，决定化装成婆罗门参加。

木柱王决定，这片土地上最聪明、最强壮的弓箭手才能赢得他的女儿。他让人用坚硬如铁的木头做了一张弓，并在一根又细又长的杆子上挂了一枚戒指，戒指在风中摇摇晃晃。第一个搭弓射箭，连续五箭射穿戒指的求婚者，就可以成为新郎。

果然，数以百计的贵族青年涌向都城，梦想着能够迎娶公主。众所周知，公主富有、美丽又善良。在比赛的日子里，城里挤满了看热闹的人和竞争者。铁匠们看准时机用黄金制作了大弓的小模型，并在街上作为礼物出售；卖花的姑娘们在卖花束和花环；乞丐们在街上

要饭，施舍的人都得到了他们的祝福，拒绝的人都遭到了他们的诅咒和谩骂。一队队的士兵在大街上来来回回巡视，维持秩序。在位于不同地区的二十座寺庙的台阶上，传令官宣布了参赛的条件——只有处在一定社会阶层之上、有贵族血统的人，才可以参赛。

比赛的日子终于到来了，竞技场打开了，各个王国的王子们都挤到了金台前，金台上放着那张大弓；而围观者们则急切地向前看，希望能看到第一个参赛的人。靠近竞技台的地方站着五个婆罗门打扮的人，许多人对他们魁梧的身材和英俊的脸庞投来敬佩的目光，但却没有人认出他们来。接着，人们看到般遮丽公主从不远处的幔帐里走出来，五兄弟急切地看向公主。坚战屏住了呼吸，说道："诸神啊，这个姑娘值得我为她赢得比赛！她太适合当我的王后了！我从未见过如此美丽的面孔！"阿周那低声回道："你说得很对，她一定是我们的！"

参赛者们一个接一个地尝试拉弓，但都失败了。每一次，这五个婆罗门打扮的人都相视一笑，看上去胜券在握。但当传令官宣布参赛者——俱卢族王子中的胜者迦尔纳到来时，他们的笑容消失了，变得紧张了起来。阿周那喃喃自语："般遮丽要被赢走了。诸神快来诅咒迦尔纳吧，我不希望在这里看到他。"

迦尔纳用力地拉着木弓，肌肉都鼓了起来，汗流浃背。他能成功吗？众人屏住呼吸。木弓慢慢变弯了，越来越圆。这个英雄是否能坚持住拉满弓呢？还是他的肌肉会因压力而破裂呢？赞美安拉！他拉满弓了！欢呼声响彻云霄。几次失败后，迦尔纳终于将五支箭射穿了摇晃的戒指。人们喊道："俱卢族的迦尔纳是胜利者！迦尔纳会与般遮丽结婚！"

当看到他们憎恨的堂兄弟难敌从一群王子中冲出来，拉着迦尔纳的手，把他带到公主面前时，般度五兄弟长叹了一口气。此时，公主正穿着婚纱坐在幔帐门口镶有宝石的宝座上。

这时，一件奇怪的事情发生了。他们看到般遮丽站了起来，审视着难敌，一字一句地说道："告诉我，王子，你的这位获胜者的父亲是谁？你知道比赛的条件之一是参赛者必须是处于一定社会阶层的人。我好像听说这个迦尔纳的父亲是个马车夫，如果是这样的话，我不能和他成婚。"

难敌不知道迦尔纳的父母是做什么的，因为自从他跟随德罗纳学习以来，一直严守自己出身的秘密。因此这时，他羞愧地一句话也没说，看向了迦尔纳，让他解释一下，但迦尔纳只是摇了摇头。

公主说："那就走吧，你输了。"

　　迦尔纳涨红了脸。人们看到他紧握双手，抬头望向太阳，然后匆匆转身离去，在难敌的跟随下，消失在人群中。这时，阿周那再也按捺不住了，他大步走向般遮丽，喊道："美丽的公主，我有高贵的血统，尽管我的衣着和外表可能并非如此，但请允许我尽力尝试一下。"

　　般遮丽低头同意了，在众人惊讶的目光中，这个强壮的婆罗门一手举起弓，另一只手把它拉成芦苇般的弧度，迅速上弦，五支箭稳如飞鸟，穿过了高高悬挂的戒指。人群中爆发出热烈的掌声，公主微笑着说："通过你的声音、你的举止和强大的能力，英俊的王子，你的血统不证自明了。你赢得了般遮丽。"国王起初对这个胜者有些不屑一顾，但当他得知胜者正是般度五兄弟的阿周那时，他拥抱了阿周那，说道："啊，王子！自从你和你的兄弟们帮着德罗纳袭击了我的王国以来，我就一直暗暗许愿，希望我的女儿能够嫁给著名的般度五兄弟之一。虽然你们曾经与我作战，但正是你们英雄般的行为得到了诸神的青睐。"当他知道新郎不是阿周那，而是象城的王位继承人坚战王子时，他更高兴了。至于般遮丽，想到即将嫁给般度家族的首领，有朝一日成为女王，她也很高兴。因此，他们马上举行了婚礼。

　　之前的秘密自然而然暴露了。消息传得沸沸扬扬，说般度五兄

弟还好好地活着，而且已经与般遮罗国联姻了。

老毗湿摩一听到这个消息，就立即召集群臣，要求让他的五个孙子赶紧回来，让难敌把土地分给五兄弟一半，并且逐步交出政权，让他们成为真正的统治者。

难敌一时想不出什么理由反对这个提议，因为所有贵族，甚至持国都支持国王的决定。但通过奸计与贿赂，他保留了富饶、人口众多的一部分国土，把大部分沙漠、人口稀少、寸草不生的地方分给了他的堂兄弟。般度五兄弟听从祖父的召唤，回到了国内。当得知他们的堂兄弟的阴谋再次得逞，自己实际上又被放逐后，他们灰心了。

但是，他们完全没有对毗湿摩的安排提出异议，反而决心把握住这次机会。他们向新王国中最大，但实际仍然很小的城镇出发。

一到这里，他们就着手改善环境：拆掉了一些老房子和寺庙，建造了很多华丽的新房子，还为自己和般遮丽设计了一座宏伟的宫殿。在把这个小城完全改造成一个欣欣向荣且适合诸神、国王居住的新城后，他们又转向下一个人口多的地区，在那里继续进行改造。几年后，他们领土的居住区成了印度最繁荣的地方，他们将其命名为天帝城。

这趟旅程结束，他们回到了国都，决定在这里为他们的长兄举

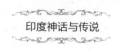

行加冕仪式。他们派出了一百名使者去邀请邻国的国王。众所周知，难敌是他们的敌人，但出于礼貌，也该邀请他。出于好奇，难敌接受了邀请。当他看到天帝城这座精妙绝伦的城市和其中的宫殿时，更加妒火中烧。进入一个房间时，他把水晶地板误认成水，提起了自己的长袍。虽然他很快意识到了自己的错误，但同伴们的笑声大大打击了他的自尊心，他更痛苦了。第二天，他走进一个房间，里面有一个透明的池塘，他误以为是装饰的水晶，就掉了进去。没过多久，由于没看出是玻璃门，他又把门给撞破了。这一切更加剧了他无法抑制的恨意。节日一结束，他就立刻回到了象城，满脑子都是怨恨，思考着复仇大计。

坚战在各方面都非常可靠且强大，但现在，难敌知道了他有一个很大的弱点——逢赌必输。只掷不到五分钟的骰子，血液就会涌向坚战的大脑，让其丧失理性、失去控制，像个疯子一样继续下注，尽管还是会一直输下去。坚战知道自己的这个缺点，所以从不参加赌局，而他的朋友也很体谅他，从不向他挑战。因为作为战士，如果被挑战，无论是玩耍还是战斗，都必须接受。

因此，狡猾的难敌想到了通过这个弱点击垮他的堂兄。他立刻向般度五兄弟发出了邀请，请他们出席象城的一个节日聚会。当他们

到达难敌的宫殿时，得到了盛情款待，美食佳肴、梳洗装扮，然后被领到了欢乐园，在那里，鲜花装饰的亭子里早已摆好了桌子。难敌热情地招呼着他的客人，说："今天的安排是掷骰子。坚战，我要向你发起挑战，我们来赛一场。"王子脸色一变，知道自己被骗了。他说："堂哥，让我的一个兄弟替我比赛吧。""那就是说，你害怕我的挑战了？"难敌无礼地问道。坚战无法直截了当地拒绝，痛苦地看向他的兄弟们，向众神祈祷，然后开始了比赛。朝臣们围在一起，说说笑笑，就两人可能的胜负打赌。但般度剩下的四兄弟却站远了一些，因为他们太清楚今天的结果是什么了。

坚战掷出了骰子，却输了。他的脸色变得苍白，手开始颤抖。他把赌注翻了一番，大喊"再来"，像疯了一样。第二次，他又输了。赌注再次翻了一番。

几个小时过去了，看热闹的人安静了下来，这两个赌徒的赌注也越来越大，直到最后坚战输光了他所有的财产。这一次，般度五兄弟真成乞丐了。但坚战依然没有叫停，他叫道："我的宫殿！"当这局输掉了后，他又说："我的王国！我的兄弟！我自己！"最后，他输掉了一切，般度五兄弟成了难敌的奴隶了。

这个昏了头的人叫了起来："还剩下什么？还剩下什么？"

"还剩下你的妻子般遮丽。"难敌回答道。

"是的，是的。那么把她也押上！"

事成定局。俱卢族王子赢了，他高声叫喊着，从桌子旁站了起来。

他大笑起来："哈哈！我又赢了！诸神保佑！现在你们都成了我的奴隶了，你们所有的东西和财产都是我的了，现在该告诉你们真相了——从我们小的时候，我难敌就恨你们般度五兄弟，我发誓要为我无数次受过的侮辱报仇。这就是我的复仇，这就是我的胜利，这也是我的命令。我要求把般度五兄弟放逐荒野，在那里住十三年。至于你们的女王般遮丽，我也把她赢来了，她将成为我的奴隶，不管我走到哪里，她都要为我扫路。"

"你从未赢过，骄傲的王子。"一个女人的声音说道。般遮丽本

人穿着华贵的衣服，在众人的簇拥下慢慢地从亭子里走出来，来到难敌和般度五兄弟站的地方。她从预言中得知，丈夫将会在象城遭受厄运，于是急忙赶去提醒他，尽自己所能帮助他。看着面前一张张呆若木鸡的脸，她叫道："说吧，我的主人，发生了什么事？"

于是，阿周那声音颤抖、断断续续地告诉了她那个赌徒给他们所有人带来的厄运，以及她是如何被押上并被输掉的。她笑了一下，转过身来，平静地一字一句地对大家说道：

"告诉我，尊敬的各位先生们，一个奴隶能买卖他人的自由吗？"

他们回答道："不，不能。"

她看了看难敌，继续说道：

"那么，一个先失去自由的人，应该也不能用一个女人的自由做抵押，即使这个女人是他的妻子。除非世界毁灭，

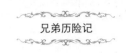

否则坚战的女王是绝对不会屈服于俱卢族的。既然我的主人和兄弟们必须去到荒野中十三年，那么我就和他们一起去，等流放结束，般度五兄弟一定会回来复仇的，绝不手软。"

听到这番慷慨激昂的话，领主和朝臣们中爆发出热烈的掌声，因为他们虽然惧怕、憎恨俱卢王子，但却十分爱戴这五位即将被流放的英雄。他们知道，这五兄弟是被骗了。难敌愤怒地红了脸，咬着嘴唇；但他无法反驳公主，也无法忽略她令人愤怒的言行。

他喊道："那就去吧，陪着你的主人去乞讨受苦。也许十三年的隐居生活会消磨掉你的骄傲，就像消磨掉你的美貌和青春一般！"

然后，他带着嘲弄的笑声，转身大步走出了亭子。

般度五兄弟和他们的公主悲伤地告别了朋友们。在走向森林的路上，他们伤心地哭着。

坚战到达城门时，转过身来，双手高举过头，仿佛在祈求上天诅咒象城。

老毗湿摩已经年老体衰，即使知道了这件事，也根本无法遏制事态的发展。他伤心地转身对持国说道：

"我的儿子，这件事已经无法收场了，所有神灵的眼泪都无法消弭它。让我们在忏悔中度过这十三年吧，因为当这十三年结束时，般

度五兄弟一定会回来大开杀戒复仇的。只有这样，他们和俱卢族之间的分歧才能弥合。现在，对于你的长子难敌像刀剑一般分裂我们这个大家族的行为，你怎么看呢？"

然而，持国什么也没说。他心里明白，他在这场邪恶的争斗中也助了儿子一臂之力。

当般度五兄弟穿过象城的大门时，一声雷鸣震动了整座城市，如夜般的一片漆黑突然遮住了太阳。

第四章　大战

艰难的十三年终于过去了，五兄弟和他们的王后终于还清了他们欠难敌的债。第十四年的第一天，他们走出了藏身的地方，动身前往位于般遮罗国的木柱王的都城。他们知道，为了女儿，木柱王一定愿意借给他们钱和兵力，他会一直支持他们，帮助他们制定赢回权力的计划。

木柱王没有让他们失望。他派骑兵走遍全国，把所有相信般度五兄弟正义之心的人召集到都城，成千上万的王公贵族、骑士和农民蜂拥而至，愿意为这几位著名英雄战斗。

五兄弟准备复仇的消息传到了象城，难敌赶紧与迦尔纳商量如

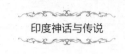
何用最好的方法应对这充满威胁的攻击。

他说："迦尔纳啊，你很清楚，十三年里我并没有无所事事，我与邻国签订了条约，建立了友谊，弥合了旧的仇恨；我已经完全摆脱了毗湿摩的影响，朝廷的政策已经都被我更改了；我的军队很强大，我也掌握了国都。只要你愿意指挥军队，我就不担心结果了。"

迦尔纳虽然与王子关系很好，但还是摇了摇头，说："我不能杀死坚战和他的兄弟们，但是如果他们不死，你的胜利也是不完整的。我只想单挑阿周那。"尽管难敌一直在逼问他原因，他仍闭口不言。最终，在难敌的强烈要求下，迦尔纳还是同意了带兵作战。

迦尔纳从小生活在忧郁与神秘中。事实上，他的母亲不是别人，正是贡蒂——般度五兄弟的母后。在她与他们的父亲般度结婚之前，她曾秘密地嫁给了太阳神，他们的孩子就是迦尔纳。

贡蒂曾祈祷，如果太阳神眷顾他们的后代，就应该赐予他一张金属的皮肤，也就是一套"天然的盔甲"。除此之外，她还祈求在孩子的耳朵上系上耳环，除非割下来，否则永远不会掉下来。这些东西既是对他的保护，又是他不死的标志。

当孩子出生后，贡蒂看到自己的愿望实现了，欣喜若狂。但几天后，一位天神的使者在夜深人静时拜访了她，并告诉她，太阳神希

望她在明天把孩子放进一个柳条筐，让他随着恒河水漂走，一刻不能耽搁。可以想象那时她有多么痛苦。

贡蒂不敢违抗上天的旨意，但她每时每刻都在为失去这个不死的婴孩而哀悼。

她不知道海浪是如何把这孩子安全地带到占婆城的。在那里，一个名叫升车的诚实的马夫和他的妻子发现了这个孩子，并把他当作自己的孩子一样抚养，直到他长大成人，在神的指引下离开了他破旧的家，去寻找德罗纳教授王子们的那个树林。

众神都相信，命运注定了迦尔纳和阿周那是一对死敌。因为因陀罗神对阿周那特别宠爱，像父亲一样爱护他。他决定，为了他最爱的孩子，必须想尽办法偷走使迦尔纳无敌的神奇盔甲和耳环。

一天早上，迦尔纳在河边祈祷。刚洗完澡，因陀罗化身为一个牧师，向他走来。他知道这个小伙子的庄严誓言，在这个神圣的时刻决不拒绝任何婆罗门的请求。所以在祈祷结束后，他用假声喊道："恩赐，恩赐，先生！"

"说吧。"迦尔纳说。

"我想要你的盔甲和耳环，先生！"

"不，我不能给你这些。它们是我身体的一部分，除非割下来，

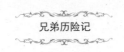
否则是绝不可能拿下来的。"

"那就割下来吧,好人。否则,天地都会知道,迦尔纳没有遵守他的誓言。"

就在这时,因陀罗褪下牧师的衣服,表明了自己的真实身份。

他惊呼:"啊!是你,因陀罗,你想要我的盔甲吗?既然是神的要求,我不能不给。但你要拿些东西和我交换。"

因陀罗回答道:"我很愿意与你交换。你想要什么?"

迦尔纳回答说:"一支箭,一支轻轻一碰就能置敌人于死地的箭。"于是,神给了他这样一支箭,并从他身上拿走了他的盔甲和他天然的耳环。因陀罗完成了心愿,满意地回到了天上。

从迦尔纳出现在德罗纳的学生中开始,贡蒂就已经知道他是谁了。一天,当她发现他失去了无敌和不朽的标志时,悲痛欲绝,但她没有让任何人看出自己的痛苦,因为她相信他的父亲太阳神仍然会保护他免受伤害。慢慢地,迦尔纳在难敌宫廷中的地位越来越高。白发苍苍的贡蒂为他的成功感到高兴,但她也为其他五个儿子的命运感到悲伤。

当她得知这五个流亡的孩子已经回来,战争即将打响时,她难以想象迦尔纳带领俱卢族攻打自己同母异父的兄弟,于是决定在他祈

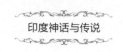
祷的时候去找他，并告诉他真相。

迦尔纳一见到她，就谦恭地向她行礼，问道："您想让我做什么，女王大人？我是马夫的儿子，也是难敌的朋友，我想你不可能喜欢他的。"

王后把手放在他的手上，用颤抖的声音告诉他，她其实是他的母亲，他的父亲不是马夫，而是光明的、燃烧的太阳神。她还没讲多少，迦尔纳轻轻一笑，打断了她。

"母亲，这一切我都知道。多年前，有人在梦中就已经告诉我了。说吧，你想要什么？"

"我要你离开俱卢族，如果你必须战斗的话，你要与你的兄弟般度五兄弟一起战斗，而不是攻打他们。"在贡蒂说这番话时，一缕阳光出现在他们眼前，洪亮的声音响起："迦尔纳，请听你母亲的话。"

但迦尔纳把目光投向了头顶的大圆球，郑重地对它说：

"我父母的话都不能让我违背对难敌效忠的誓言。但是，我发誓不伤害我的任何一个兄弟，只有阿周那除外，我要与他单挑。"

有了这个承诺，贡蒂只得同意。但在等待般度五兄弟的军队下到平原与他们作战的日日夜夜里，她悲伤难耐。

经过充分准备，般度五兄弟的军队终于从般遮罗国出发，以横扫千军的气势向象城攻来。但是，还没到达象城，他们就看到了难敌的军队在古吉拉特的大平原上严阵以待。

双方立刻开始交战。之后的十六天里，他们打得难解难分，就像野兽扭打在一起。战车交错，车夫们疯狂地奔逃。大象把人、马和车都踩在它们笨重的脚下，用长牙撕扯着。旗帜升起又落下，被扯成碎片；箭如雨下，刀光剑影。

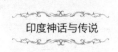

只有当夜幕降临时，这些疲惫不堪的战士们才会停下，各自回到自己的营地。喧闹声、呼喊声、呻吟声都停止了。月亮和星星俯视着成千上万被战争蹂躏的英雄们，他们都像小孩子一样平静地睡在地上。但是，随着黎明的到来，战争又开始了，双方难较高下。

第十七天早晨，迦尔纳从梦中醒来。他找到了难敌，告诉他这是命中注定的一日。夜幕降临之前，他和阿周那一定会分出胜负，一定会有一个人在神的庇护下永远安息。

说罢，他走出帐篷，确认了那支无敌的箭安安稳稳地在他的箭筒里，开始四处寻找他的敌人。

终于，他们相遇了，开始了一场骇人且十分激烈的战斗。两边的人都停止了厮杀，看着他们。后来许多人说，他们看到神的身影悬在空中，指挥着他们。

阿周那的箭像一群鸟一样围着迦尔纳，但每当箭要射到他时，他就弯下腰，箭就飞过去了。接着，他又射出了一支箭，箭唱着歌飞向了敌人的心脏；但阿周那也立刻射出了一支箭迎击，使它偏离了方向。

这两个敌对的弓箭手正在进行他们之间最后一场博弈。迟早有一个人会取得胜利，射出一支既让对方无处闪躲，也不能被击退

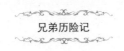
的箭。

当迦尔纳发现他看东西模糊不清、手也不稳时，他终于想到："我必须得使出因陀罗赐予我的法术了。"于是他从箭筒里抽出了那支箭，准确地瞄准了目标，然后松开了手。但因陀罗一直守护着他最喜欢的孩子，他在众人看不见的情况下，用脚踩住了阿周那的车轱辘，让车沉入土中一腕尺①，箭只射中了王子的冠冕，没有伤到他的头。

然而，武器内的魂灵由于没有击中目标，就又回到了射箭人的手中，并对他轻声说：

"再射一次。这一次，无论他的头怎么转动，我一定会正中其中。"

但是，迦尔纳有着极其高尚的品德，他认为使用对手无法企及的手段是不道德的，于是他扔掉了这个法器，说：

"迦尔纳永远不会重复使用同一支箭。"

阿周那对敌人的想法一无所知，也不知道他是如何出于道德而

---

① 1腕尺≈45厘米。

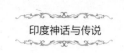

拒绝利用自身优势的。就在这时，他射出了自己最有力的那支箭，射中了迦尔纳的头。

就这样，一个血统高贵的英雄被不知情的同母异父兄弟杀死了。为了别人的大业，为了誓言，他倒下了。当贡蒂的儿子迦尔纳在战斗中倒下时，太阳把光辉敛进云层，河流停止歌唱，山顶上积雪融化，风也在哀号。

俱卢族大声呼号以示失败，般度族发出了胜利的呐喊，声音响彻云霄。他们转向了面前绝望的溃不成军的敌人，把他们赶回了自己的领地。

五位勇士怀着悲伤的心情来到王宫，因为他们知道，盲人持国和他的妻子甘达里、贡蒂、维杜茹阿和许多其他年老的亲属都在等待着消息。五兄弟不敢告诉他们，在这场大屠杀中，这片土地上无数的花朵凋零了。

但当他们听到这个消息时，并没有哀叹或呻吟。持国说："这是上天的旨意，这也是对我们家族长期以来对般度五兄弟的敌意的公正的惩罚。现在我在这个世界上的日子所剩无几了，因此，我要去恒河岸边，虔诚祈祷，了却残生。"

他的妻子甘达里希望与他同行。般度五兄弟也决定，要在圣河

边与叔叔一起住上一个月，在这里静静地冥想，远离尘世，制定计划，用公平和仁慈来统治这个经过多年艰辛才最终继承到的王国。他们制定了完美的政策，之后又出色地付诸实践。最后，全印度都流传着这样一句话："作为战士，般度五兄弟是英雄。但作为国王，他们几乎是神明。"

吹 笛 人

　　婆苏提婆王子与提婆吉公主结婚时，马图拉国王坎萨是在这场声势浩大的结婚典礼上唯一一个不开心的人。虽然他同意了这桩皇家婚事，也认可了他妹妹提婆吉的丈夫，但他却闷闷不乐，内心总有不祥的预感。因为那天清晨，一位占卜师警告他，这场婚姻会导致他的死亡。

　　占卜师严肃地说："通过星象，我可以预知，提婆吉的长子会杀死他的国王舅舅。"除此以外，他没有再和国王透露什么。由于现在阻止他们结婚为时已晚，所以坎萨不得不把反对意见埋在心里。他在宴席上不吃不喝，一直在思考占卜师说的那些奇怪的话，计划着将来如何保护自己。

但婆苏提婆和提婆吉深爱着对方，他们完全不知道坎萨的不安，在马图拉幸福地生活着。后来，他们生了一个非常漂亮的儿子，取名克里希纳。在他出生的那一天，种种迹象表明，众神也为此高兴，因为虽然是初春，但树上的小芽也渐渐长成了叶子，芬芳的花朵展开了花瓣，鸟儿唱起了天籁般的歌。

坎萨听到孩子出生的消息，又惊又怒。他向婆苏提婆和提婆吉送去了他的祝福，然后把他的一个朝臣叫到一边，让他想办法秘密杀掉这个婴儿。

这名臣子对参与这样一个邪恶残暴的阴谋感到羞愧，于是他急忙跑到婆苏提婆面前，说道："王子，好好保护你的孩子吧！因为国王并不喜欢他。"

婆苏提婆惊恐地盘问他，但他什么都没再说。王子只能问他的妻子他们应该怎么做。

提婆吉说："我们必须说这个孩子已经死了，今晚你必须把他带到远离马图拉的某个安全的地方。我们最好把他送走，而不是把他留在这危机四伏的王宫里。"

于是，当晚婆苏提婆乔装打扮，带着他那珍贵的"负担"逃走了。第二天，就有人报告小克里希纳已经在睡梦中死去。婆苏提婆很

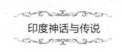

快赶到了远方的哥俱罗，在那里找到了一对没有孩子的夫妇，叫南达和耶苏达。他告诉了他们自己的困难，恳求他们照顾这个婴儿，这对好心人答应把克里希纳当成自己的儿子一样抚养。

然后，婆苏提婆就回到了马图拉。但没过多少天，坎萨就胡乱找了一点借口，命令把他和提婆吉监禁了起来，这对不幸的夫妇在阴森凄冷的城堡里受尽折磨。坎萨也一直认为克里希纳已经死了，于是安心地统治了许多年。

与此同时，小克里希纳已经长得身强力壮、英俊潇洒，哥俱罗人人为他着迷。虽然他非常调皮，但人们往往因为对他的爱就原谅了他的恶作剧。一天，他又在捣蛋时，他善良的养母叹了口气，摇了摇头。

她说："克里希纳啊！你的亲生父母面对你这样一个调皮的孩子会怎么办呢？"

男孩问道："你和南达难道不是我的亲生父母吗？"

耶苏达告诉了他真相——他是怎么被邪恶的叔叔逐出马图拉的。克里希纳抱着她，哭着说："我一定好好听话，等我长大了，我一定要找到这个坎萨，把他杀了！"

从那天起，克里希纳对他的养父母充满了感激之情。由于他们生活贫困，所以他一到可以帮助他们的年龄，就开始放牛。他很享受在牛群中的生活，并很快成了牛群的首领。在他的各种强项中，他尤其擅长吹笛，能吹奏出美妙的笛声，让鸟儿们都不再歌唱，而是一动不动地栖息在树枝上听他吹奏；野生动物也变得驯服，在他吹奏时不敢攻击他。每个听到克里希纳的笛声的少女都爱上了他，但他对她们都不感兴趣。

这时，很久以前访问过马图拉的那个占卜师又回到了王国，国王再次问了他之前的问题。令国王惊讶的是，占卜师又重复了他之前的那个预言："提婆吉的长子会杀死他的国王舅舅。"

国王意识到他一定是被骗了，怒不可遏。他偶然知道离马图拉不远的地方有一个法师，于是偷偷找到他，承诺如果这个老人能找到杀死克里希纳的方法，他会赐予他丰厚的报酬。法师向国王承诺，一定会办成这件恶事，坎萨也急不可耐地等待着他外甥的死讯。

不久后的一个早晨，克里希纳和他的朋友们带着他们的牛来到小溪边，第一头牛喝了一些水后，就倒在了溪边。

克里希纳喊道："溪水肯定有毒！"当他伸向水边想看看里面藏着什么致命的东西时，一条蛇缠上了他，要用尖牙咬死他。克里希纳凭借他超人的力量，把蛇扔了出去，然后在蛇头上踩了一脚。

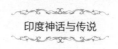

坎萨等了一段时间，没有消息传来。于是，他再次拜访了法师，当听说毒蛇没能消灭克里希纳时，他又请求老人再想出一些其他的恶招来。法师又派了一头凶猛的大象到哥俱罗，在森林里，大象遇到克里希纳，立刻冲向了他，但他又用笛子吹出了悠扬的音乐，大象也停了下来听他的笛声。克里希纳又成功逃脱了，没有受到任何伤害。

现在，克里希纳的力量和英勇以及他在音乐方面展现出的才能已经远近闻名。一位名叫艳光的美丽公主听说了克里希纳这些事迹，虽然从未见过他，但她觉得他就是自己在世间唯一爱的男人。所以，当父亲提醒她该嫁人的时候，她回答道："我心属牧牛人克里希纳。"

她的父亲轻蔑地笑了笑，说："公主会嫁给这样出身卑贱的人吗？不，我的女儿，昌德瑞国王已经向你求婚，你应该接受他。"

艳光对这一未来十分恐惧，于是她想办法给克里希纳写了一封信，求他把自己从不幸的婚姻中解救出来。

克里希纳时刻准备动身去拯救那些身陷困境的人。收到信，他立刻赶到艳光居住的宫殿，得知她的父亲已经付诸行动，让她在第二天嫁给昌德瑞国王。克里希纳一直等到晚上，他找到了艳光卧室的位

置，站在窗户外面，轻轻地吹起了笛子。躺在床上的艳光毫无睡意，她蹑手蹑脚地走到窗前，看到了吹笛人模糊不清的身影。克里希纳爬上了墙，把公主抱在怀里，在黑暗中把她带走了。

他们一起逃到了哥俱罗，当克里希纳看到艳光的美貌时，怦然心动。但因为身份卑微，他不敢把对她的爱说出口。接着，艳光告诉他，在他们相遇之前，她就已经爱上了他，她很愿意放弃奢华的宫廷生活去过放牛人妻子的生活。于是，这对恋人结婚了，他们在哥俱罗幸福地生活着。后来，克里希纳决定是时候去看望他的亲生父母了。克里希纳和艳光告别了南达和耶苏达，前往马图拉，在那里他们发现主城挂满了旗帜和花环，一场盛大的比赛即将举行。

这场比赛是由坎萨下令举行的，他已经得到了克里希纳打算来到马图拉的消息。国王的摔跤手们在整个印度都很有名，狡猾的坎萨希望克里希纳参赛，他觉得克里希纳一定会被自己打败。

一开始，事情就像坎萨所预料的那样。克里希纳对自己的摔跤水平引以为傲，向国王的一个手下挑战。一场漫长而艰难的战斗开始了，最终却以克里希纳的胜利告终。第二个摔跤手上场了，然后是第三个、第四个，但克里希纳每次都击败了对手。 最后，在一旁观战的坎萨越来越绝望，趁着克里希纳正在休息的时候，来到了他身后，

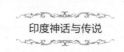
准备用刀刺入他的肩膀。这时克里希纳转过身来，掐住了坎萨的喉咙，用有力的双手杀死了他。

接着，他向民众说明自己是提婆吉之子克里希纳，并讲述了他的故事，人们都纷纷称赞他是个英雄。当他得知父母被囚禁的消息后，惊惧万分，急忙把他们从城堡中救了出来。婆苏提婆与提婆吉非常高兴重新找回了儿子。现在坎萨死了，克里希纳继承了马图拉的王位。

此后，克里希纳贤明地统治着他的人民，被人们称为受压迫者的卫士，随时准备着用他的力量和权力来打败邪恶势力。

铁石心肠的公主

从前有一位年轻的王子叫库萨，以仁慈和智慧而闻名，但不幸的是，他长得非常丑陋。虽然王国里没有一个人因为这个原因而不喜欢他，但可怜的库萨却对自己丑陋的外表非常敏感。每当他的父亲奥卡卡国王催促他结婚时，他都会伤心地回答：

"永远不要让我结婚，因为美丽的少女怎么会喜欢像我这样丑陋的伴侣呢？"

奥卡卡国王每次都对这个回答不满意，库萨也已经厌倦了一味拒绝，于是想出了一个办法，希望能将自己永远从这个令人烦恼的婚姻问题中解脱出来。他造了一个金像，在向国王展示他的手工作品时，他坚定地说道：

"如果能为我找到一个像这个金像一样美丽的少女，我一定会让她成为我的新娘，否则我就不会娶亲。"

库萨在做出这个承诺时心中有数，因为他所塑造的雕像比美神本人还要美丽，他相信谁都找不到能与他的金像相媲美的凡间少女。然而，奥卡卡国王并没有对找到这样一位无与伦比的美女感到无望，他命令信使远赴各地寻找这样一位美丽动人的少女。

信使们带着雕像走访了许多地方。每到一个城市或村庄，他们就会去问居民是否知道有哪位少女长得和这座金像相似。但直到到达摩达国，他们都没有找到这样的美女。

碰巧摩达国王有八个可爱的女儿，其中大女儿叫波帕伐帝，她不仅被认为是世界上最美丽的少女，而且还酷似这座金像，甚至可以说库萨是照着她的模样雕成的。当信使们看到她与金像惊人地相似后，便求见摩达国王，并告诉国王陛下，他们是来为奥卡卡国王的儿子——高贵的库萨王子向波帕伐帝公主求亲的。

摩达国王早就听说过奥卡卡国王的势力，于是礼貌地回答说：

"如果你们的国王能带着大批随从来到这里，我就会把波帕伐帝公主交给他的儿子库萨王子。"

信使们带着好消息匆匆赶回奥卡卡国王那里。国王对于他们圆

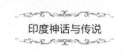

满完成了任务感到非常高兴，但可怜的库萨却十分沮丧。

他悲伤地对国王喊道："唉！我的父亲，如此美丽的公主看到我如此丑陋，她会怎么办呢？她肯定会马上离开我的。"

奥卡卡国王回答说："不用害怕，我的儿子。我会恢复我们家族的一个古老的传统来保护你。这个习俗规定，新娘在婚后一年内不得看丈夫的脸。因此，在一整年里，你只能在黑暗的房间里见到你的新娘。"

但是，库萨怀疑地问："但这样做对我有什么好处呢？以后等公主看到我时，我还是很丑陋啊。"

国王回答说："这不要紧，因为在这一年里，你的新娘就会完全爱上你了，当她最后看到你时，你在她眼中就不再会是丑陋的了。"

库萨仍然不相信这桩婚姻是明智之举，但奥卡卡国王坚持要立即前往摩达国。不久，他就带着美丽的波帕伐帝公主胜利归来了。

虽然十分担心这一婚事的后果，但王子现在不得不履行他的承诺。遵从国王的命令，他和公主在一个黑暗的房间里举行了婚礼。

当得知婚后一年内她都看不到丈夫的脸时，波帕伐帝公主十分震惊。她疑惑道："我父亲把我送到了什么奇怪的地方？"但她没有对这一家族的习俗表示任何反对，并同意了住在一座华丽的宫殿里，这

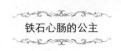

宫殿中有一个房间一直是黑暗的。

库萨每天都在这个神秘的房间里和他的新娘见面，由于他的声音和举止都很亲切温和，而且他在音乐方面也有很深的造诣，波帕伐帝很快就爱上了他，虽然她还从来没有见过他的脸。王子每天花很多时间给公主演奏鲁特琴，给她讲惊心动魄的冒险故事，她听得如痴如醉，边听边想：

"世间会有一位像我丈夫一般的王子吗？我多么渴望有一天能看到他的脸！他一定既英俊高贵又善良聪慧。"

如果波帕伐帝能够耐心等待一年，直到那时再看到库萨的话，一切可能都会很好。但是，结婚仅仅一个月后，公主越来越想知道她的丈夫究竟是什么样子的。月末，她再也无法克制自己的好奇心了。一天，当库萨和她一起待在那个黑暗的房间时，她哄着他说道：

"亲爱的丈夫，要等这么久才能看到你的脸，我好难过啊。求求你，白天来见我吧。"

王子惊恐地回答道："不可以，我的波帕伐帝，绝对不可能。我不可以违抗我父王的命令。求求你，再耐心等等吧。这几个月很快就会过去的。"

但这位公主最缺乏的就是耐心，于是她开始向她的侍女打听她

丈夫的样貌。但是，侍女们都含糊其词，她更好奇了。最后她贿赂了一个侍女，让侍女帮她偷偷看看库萨长什么样子。

一天，当这位侍女得知王子要骑马穿过城市时，她把公主藏在了宫殿高层的房间里，通过那里的一扇窗户可以看到宽阔的马路。

波帕伐帝屏息静气，等待着她丈夫出现。不久，她听到了音乐声和欢呼声，国王缓缓地穿过城市的街道，经过了巨大的白色宫殿的窗户。

人群呼喊着："库萨，我们高贵的王子，万岁！"人们高兴地挥舞着旗帜，把花环撒在库萨骑着的白象脚下。

波帕伐帝急切地望向为王子遮挡阳光的大伞下。接着，她缩回了身子，美丽的脸上露出惊恐的表情。

她喊道："什么！那个丑陋的家伙是我的丈夫吗？不，那不是我的库萨。"

侍女向她保证，她看到的的确是他们的王子。波帕伐帝表示一定要立即逃离这样一个丑陋的丈夫，愤怒地要求侍卫护送她回到摩达国，因为这个王子与她日思夜想的完全不同，她无法再受这样的婚姻约束了。

奥卡卡国王本想强迫这位轻蔑的公主留在宫中，但库萨却悲伤

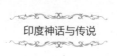
地说道："不，让她走吧。"

忘记了库萨对她所有的爱和温柔，只想着他那张丑陋的脸，就这样，她被赶走了。王子觉得她好像把世界上所有的快乐和幸福也都带走了。

一段时间里，他十分难过。但一天，他突然想到，如果到波帕伐帝的家乡去找她，他可能会发现她已经没那么讨厌自己了。想到这里，他立刻开始行动，脱下了王子的礼服，换成了简单朴素的衣服，带着他的鲁特琴，向摩达国走去。

他走了很多天，风餐露宿，终于，在一天晚上，库萨踏上了摩达国的土地。他立刻赶往波帕伐帝居住的都城。

到达王宫时已是午夜。他蹑手蹑脚地来到了宫墙下，用鲁特琴弹奏着曾让公主着迷的悠扬旋律。皇宫里的人们在睡梦中动了动，微笑着，因为他们梦见自己在听天籁之

音。但波帕伐帝却惊醒了，从床榻上直直地坐了起来。

她又气又怕地想道："库萨就在我的窗下，如果我父亲知道他来了这里，肯定会逼我再回到这个丑陋的王子身边。我该怎么办？"

但库萨并不打算向摩达国王求助，因为除非波帕伐帝自愿回到他身边，否则他宁愿永远失去她。因此，他决定对除了公主之外的每个人都保密，没有透露他到达都城的消息。

他满怀希望地想："我要向皇宫送去一些只有波帕伐帝才能认出来的信物。"早晨，他找到城里的最厉害的陶工，要求跟他学艺。

"如果我做得好，你会在国王的宫殿里展示我的作品吗？"库萨问道。"当然，只要它们配得上这样的荣誉，让我看看你能做什么。"陶工回答道。

库萨坐在陶艺机前，做出了精美绝伦的陶器，他的师傅高兴地喊道："国王肯定会买下这些精美的陶器，送给他的女儿们。"他立刻把库萨制作的一些碗带到了宫中。

国王被这些新的陶器迷住了。当他得知这些陶器是由一个年轻的学徒制作的时候，国王喊道："给这个年轻人一千块金币，告诉他，从今以后，他只能为我的女儿们制作陶器。现在，把这八个漂亮的碗拿给公主们，作为我今天送给她们的礼物吧。"

陶工照办了。国王的女儿们对父亲漂亮的礼物赞不绝口，但波帕伐帝却看到了印在碗上的自己的模样，她相信这些碗肯定是库萨所做的。于是她把自己的礼物扔到一边，轻蔑地对陶工说："你是谁？把这个丑碗带回给你的徒弟，告诉他，我是绝对不会要他的作品的。"

当陶工告诉他波帕伐帝公主所说的话时，库萨深深地叹了口气。

他自言自语道："唉！她仍然因为我的丑陋而鄙视我。如果我能和她谈谈，也许就能打动她那颗坚硬的心了。我要去宫里干活来接近她。"

于是他把国王送他的金子都给了陶工，向他告别。听说厨师长需要一个学徒，于是他来到皇家厨房。

厨师立即同意了库萨为他帮忙，王子也证明了自己手艺的娴熟，他亲手烹制的一道菜肴被直接送上了国王的餐桌。

国王非常喜欢这道菜。当听说这道美味的菜肴是由一个新学徒做的的时候，他喊道："给他一千块金子，以后就让他专门为我和我的女儿们做饭。"

库萨高兴地把国王的金子给了厨师长，又立刻准备了许多美味

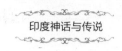

的菜肴。

但令波帕伐帝惊讶的是，她看到了她的丈夫，假装成一名厨师，带着各种各样的美味佳肴慢慢地走进她的宫殿。由于王子并没有表现出自己认识公主，她变得大胆起来，轻蔑地盯着他丑陋的脸，骄傲地说："我完全不想吃你做的这些菜，给我端来别人做的菜。"

她的姐妹们说她真傻，因为她们从来没有尝过如此美味的菜肴。但是，不管库萨如何日复一日带着什么样的珍馐美味前来，波帕伐帝从来连碰都不碰。

最后，可怜的王子认识到，自己是无法感动这个冷酷公主的心了。

他痛苦地想："我所做的一切都无法取悦她。几个星期以来，为了接近她，为她服务，我一直忍受着各种艰难困苦，现在我要永远离开她，回到我父亲身边。也许我可以在王国里找个地方隐居，在那里把我的孤独和悲伤藏起来。"

但正当库萨准备离开皇宫时，突然听说摩达国王遇到了麻烦。因为他收到消息，说七位国王听说了波帕伐帝的美貌，带着七支军队正前往摩达国都城，都想娶她为妻。

国王非常困惑，因为他觉得如果他选择其中任何一个求婚者作

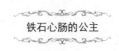

为波帕伐帝的丈夫，其他六个人都会出于报复向摩达国开战。

国王想："如果波帕伐帝没有离开她真正的丈夫，就不会出现这些问题了。"

然而，把时间花在悔恨上是没有用的。国王派人去找一些智者，问他们公主应该选择哪个求婚者。

智者们严肃地说："不能只把公主许配给其中一个。公主危害了王国的和平，因此她必须承受她致命魅力的后果。必须杀死她，把她的身体分成七块，分别献给七个国王。只有这样才能避免灾难性的战争。"

国王对这一可怕的建议感到十分惊恐。当智者们离开时，他独自坐在那里陷入了深思。突然，仍然穿着厨师服的库萨出现在他面前，说：

"请求陛下，让我来与这些国王周旋吧。给我一支军队，我会让这些求婚者屈服，不然我就以死谢罪。"

国王惊讶地喊道："什么！一个仆人能打得过国王吗？"

王子回答："我不是仆人，而是那个不幸的库萨，你曾经把女儿托付给我。因此，由我来对付这些求婚者是最合适的，我自己一个人去。"

国王不相信站在他面前的是库萨。他把波帕伐帝叫到面前，当公主承认这个厨师的学徒确实是她的丈夫时，他哭着说："我的女儿，你真可耻，竟然让你的丈夫在宫里被当作仆人对待。"

然后他生气地赶走了波帕伐帝，并请求库萨原谅对他的冷落。

库萨说，他唯一要求的就是对付这七位国王的权力。因此国王让他当上了将军，并允许他按他认为最好的方式行动。

当七位国王看到库萨和他的军队向他们而来时，感到非常惊讶，但他们的惊讶很快就变成了绝望，虽然他们人数众多，但很快就被英勇的敌人彻底击溃了。他们不得不放下武器，向库萨投降。库萨俘虏了他们，把他们带到了摩达国王那里。

取得了胜利的王子喊道："国王，你想怎么处理这些俘虏就怎么处理。"

但国王回答说："不，勇敢的库萨，他们是你的俘虏。应该由你来决定他们的命运。"

王子说："那么，既然这些国王都渴望迎娶美丽的公主，为什么不把波帕伐帝的姐妹许配给他们呢？"

所有与此事相关的人都高兴地接受了这个建议。国王认为现在他的王国一定能得到永远的安宁了。七位国王都很喜欢波帕伐帝姐妹

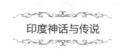
的美貌和优雅，而公主们也对国王为她们选择的丈夫十分满意。

但同时，波帕伐帝独自坐着，痛苦地流着眼泪，因为她已经开始意识到她对待库萨是多么无情了，她拒绝了一个多么高贵的爱人。

她伤心地想："唉！他永远不会原谅我的。"这时有消息传来，库萨希望和她聊聊。

她匆匆赶到房间，伏在王子的脚边，卑微地喊道："原谅我，哦，我的丈夫，把我带回去吧，即使你把我当作一个奴隶。让我终日

为你服务来证明我的忏悔吧。"

库萨轻轻地把她从地上扶起来。他伤心地问道："你想回到我身边吗？看着我，波帕伐帝。我还是那么丑陋，唉！就像你从我身边离开时一样。"

波帕伐帝坚定地注视着他。这时，可怜的库萨没有看到之前经常在她眼里出现的厌恶，而是看到了尊重和温柔。

她喊道："你肯定是变了，因为对我来说，你已经不再丑陋了。"

但改变的是波帕伐帝。她现在不再只关注库萨外表的丑陋，而是能够看到他的善良、智慧和勇气。从今以后，面对她曾经如此残忍地蔑视过的丈夫，她成了一个温柔贤惠的妻子。

白象的故事

　　很久以前，当动物还拥有语言天赋的时候，在喜马拉雅山附近的一个森林地区，居住着一大群大象。他们的长相都十分俊秀，但部落中最优秀的大象是一头白象，品行非常高贵。

　　但不幸的是，这头白象的母亲又老又瞎，虽然儿子每天都为她采集甜美的野果，但经常会有其他大象来偷吃他可怜母亲的食物，这让他很是苦恼。他多次斥责他们没良心的贪婪行为，但他们仍然继续抢他母亲的食物。一天，他把母亲领到一边，对她说：

　　"母亲，如果你和我一起单独住会好一些。跟我到我发现的一个远处的山洞里去吧。"

　　母象没有拒绝，于是她的儿子领着她来到了山洞。山洞的位置

很好，靠近一片野果树和一个开满荷花的小湖。一段时间，两头大象在这个宁静的地方快乐地生活着，直到有一天晚上，当他们在山洞里休息时，他们听到了在他们周围的树林里回荡的大声呼救声。

白象说："听，母亲。这是处于困境之中的人类的声音。我得赶紧去看看我能不能帮帮他们。"

他的母亲严肃地说道："不，不要去，我的儿子。虽然我确实又老又瞎，但我很清楚人类是怎么对待我们象族的。如果你帮助这个人，他一定会恩将仇报的。"

但想到那个人遭受的痛苦，白象无法忍受，所以他温和地说道：

"原谅我，母亲，但我不能装作听不到这呼救声。"然后他匆匆忙忙地朝呼救声传来的方向走去。在莲花湖边，他发现了那个穿着护林人衣服的人。当大象走过来的时候，这个人吓坏了，想逃跑，但这个善良的动物亲切地说道：

"不要怕，陌生人，请告诉我你怎么了。也许我可以帮助你。"

这个慌乱的护林人回答说："唉！高贵的大象，你能为我做什么呢？我在这片荒无人烟的地方迷路了七天七夜，该怎么回到我的家贝拿勒斯呢？"大象高兴地说："这很容易，如果你愿意爬到我的背上，

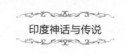

我就会带着你再回到有人烟的地方。"护林人高兴地照做了，大象带着他迅速穿过了大森林，再次回到了开阔的地方。

大象在护林人从背上下来时说："那边就是贝拿勒斯城了。不，不要感谢我，我非常骄傲能为你服务。"

大象愉快地回到了远方的山洞，没有想到他的善举可能会带来恶果。

这位护林人非常狡猾，当他被带着穿过树林的时候，他没有对他的救命恩人表示感谢，而是在想：

"在我离开贝拿勒斯之前，国王的白象刚刚死去。如果我为他抓到这头好象，国王陛下肯定会给我丰厚的回报。"

于是，这个奸诈的护林人在旅途中认真记下了路上的树木和山丘，当他再次到达贝拿勒斯城时，便请求面见国王。

他急切地喊道："陛下，我找到了另一头合适的动物，可以替代您死去的象。"他继续兴奋地描述着他的救命恩人，国王说："我很乐意拥有这样好的一头牲畜。你和我最优秀的驯象师一起回到森林，如果他们能抓住这头高贵的动物，我会重赏你。"

于是，护林人带领驯象师们轻松地找回了莲花湖，他们发现白象正在为他母亲的晚餐采集水果。听到脚步声，白象转过头来，当看

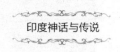
到护林人和驯象师的队伍时，这头可怜的动物意识到自己被出卖了。

他想逃跑，但驯兽师们紧追不舍，凭借他们高超的技术，很快就抓住了他。他们带着他穿过森林，回到了贝拿勒斯城。

与此同时，可怜的象妈妈一直在等待她儿子归来。夜幕降临，他仍然没有回来，她开始为自己的命运感到悲哀，觉得他肯定被抓走了。

她哀叹道："唉！没有我的儿子，我该怎么办？谁会给我带来美味的野果，或带我到莲花湖喝水呢？我要在这个孤独的地方饿死渴死了。真希望我们从来没有离开过象群。"

象妈妈万分痛苦，她儿子的心情却更加沉重，因为猎手把他带去了贝拿勒斯。他想："我可怜的母亲！没有我，她该怎么办？如果我听了她关于人类的训诫，我应该还是自由的，完全可以继续保护她。而现在，她就得在痛苦中结束她的一生了。"

大象一脸沮丧，国王眼里却满是欣喜。国王宣布，从今以后，他再也不骑其他动物了，只骑这头漂亮的白象。

大象被安置在了为他装饰得富丽堂皇的皇家象圈里。

几天后，国王想骑着大象穿过王国的城市，他命令准备好白象来载他，但驯象师痛苦地叫道："陛下，白象一直在哀号。自从他被

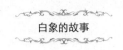
带进城后，不管我们给他什么美味的水果和草，他连碰都不碰。"

国王大惊失色，急忙赶到象圈，当他看到白象在那里痛苦绝望的样子时，他喊道："哦，温驯的动物啊，你怎么变成这样了！为什么不吃东西？是不是你不喜欢我的驯象师为你提供的食物？"大象悲伤地摇着头。

国王急切地说道："说吧，告诉我你想要什么，我会尽可能满足你。"

大象用虚弱的声音回答说："伟大的国王啊，我希望回到森林里我可怜的瞎眼母亲身边。想到她还在那里独自挨饿，我怎么吃得下东西？一想到食物，我就恶心。"然后，大象告诉了国王，他是如何被迫把母亲从象群接走的，以及他是如何幸福地与母亲单独生活在一起，直到护林人背叛了自己，破坏了他们宁静生活的。

国王是正义仁慈的，虽然他很想把白象据为己有，但他毫不犹豫地喊道："伟大的动物，你的善良让人类感到羞愧。我给你自由，让你回到你的母亲身边，像以前一样温柔地爱护她。"

大象感谢国王后，拖着虚弱的身体以最快的速度离开了贝拿勒斯。当他再次回到山洞时，发现母亲还活着，他无比喜悦。听他说完了自己被抓的故事，母亲说："啊，我的儿子，你应该听我的话的，

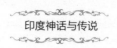
人类对我们永远是邪恶的。"

他激动地喊道："不是所有的人类都是这样的，母亲。如果不是国王仁义慷慨，我现在应该还被囚禁着呢。让我们忘记护林人的背叛吧，只记住国王的仁慈。"从那时起，感恩的大象们就一直这样做了。

沙莕坦罗，记忆的戒指

很久很久以前，人们崇拜伟大的因陀罗神。那时，有一个年轻的印度国王名叫杜尚塔，很受臣民的爱戴。

一天，杜尚塔国王在大森林里打猎时，与他的侍从走散了，他在大树和开满鲜花的灌木丛中转来转去，最后走上了一条通往一个小屋子的小路。这座隐蔽的小房子是一位名叫甘华的老隐士的住所，国王听说了许多关于这位圣人的虔诚和智慧的故事，决定每天拜访他。

当杜尚塔慢慢走近这个小屋时，被其周围的宁静优美吸引住了。清凉的空气中弥漫着茉莉花的芬芳，鸟儿在树丛中轻声歌唱，小溪边开满了荷花，在神圣的住所边湍急地流淌着。

然而，令国王遗憾的是，小屋里是空的。他正准备离开树林去

寻找他的侍从时，听到一个温柔的声音，喊道："等等，尊敬的阁下。"一个年轻女孩出现在他面前。

虽然穿着树皮制成的粗糙的衣服，但女孩长得非常漂亮高贵。国王很喜欢她，对她充满了兴趣，他礼貌地问她："这个小屋不是神圣的甘华的住所吗？"

她回答说："是的，尊敬的阁下。但我的父亲去朝圣了，让我在这里迎接客人。请您先休息一下吧。"

她给他送来了水和美味的水果，让他休息一下。国王对她热情的款待非常高兴。从她的举止可以看出，她没有注意到客人地位的尊贵。而杜尚塔也正喜欢和不认识他的人打交道，于是，他假装是一个普通的猎人，反问这位隐居女孩的名字。

她说："我叫沙蒐坦罗。"国王请求她多介绍介绍自己，她又补充说她是甘华神父的养女。

她还是个小孩子的时候就成了孤儿，但好心的甘华就像亲生父亲一样慈爱地对待她。虽然出身很高贵，但她很愿意在森林里同叫声甜美的鸟儿和芬芳的花朵过这种简单的生活。

杜尚塔国王听着她的声音，看着她美丽的脸庞，希望自己可以永远停留在这个迷人的地方。但他知道他的随从一定在焦急地寻找

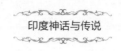
他，所以他向沙菎坦罗告辞，回到了猎人那里。

　　然而，他并没有离开森林，而是命令他的手下在离这个隐居处一段距离的地方安营扎寨。第二天，他又回到了树林里温柔的隐居女孩身边。

　　不久，杜尚塔和沙菎坦罗就互相表白了。但当女孩得知他是国王，要与她结婚时，她非常担心，认为他肯定会为自己的草率选择而后悔。

　　但是，杜尚塔一直在努力安抚她，让她不要害怕。杜尚塔担心会发生什么事情让他俩分离，他说服沙菎坦罗尽快与他结婚。

　　在那个时代，伟大的国王和勇士可以不举行婚礼就迎娶新娘，所以他们就没有请牧师主持婚礼。杜尚塔和沙菎坦罗在第一次见面的茂密的小树林里，发誓要永远忠于对方。

　　国王和他的妻子幸福地生活在一起，他很愿意和她在森林里共度一生，但他知道，他的责任使他不得不回到他臣民那里。

　　他温柔地说道："跟我到我的宫殿去吧，亲爱的沙菎坦罗。你会拥有价值连城的珠宝和精美绝伦的衣服，我的人民也会承认你是他们的女王。"

　　现在唯一让沙菎坦罗担忧的是，她担心甘华神父朝圣回来后发

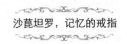

现她已经结婚了，会很生气，所以她回答说："亲爱的丈夫，在我告诉甘华神父我们结婚之前，我不能离开森林。还有，他把他的隐居的住处交给我看管，记得吗？如果我现在陪你走了，谁来招待客人呢？不，杜尚塔，你得先自己回你的宫殿，但我求你尽快回来找我，因为那时我一定准备好了与你一起生活。"

国王不愿意离开他的妻子，但他非常明白这番话里蕴藏的智慧，于是他把刻有自己名字的戒指戴在她的手指上，并对着这枚金戒指发誓，几天后，他一定会回到这里，从甘华神父那里接回他的新娘。

国王走了，沙菎坦罗觉得再次见到他的日子遥遥无期。

他走后，她心灰意冷地在森林里徘徊，忘记了她要时刻待在住处附近，以防有客人到来。当夜幕降临，她再次回到小树林时，惊恐地发现客人几乎已经火冒三丈了。

这位新来的客人是一位名叫陶尔梵刹斯的老圣人，由于他脾气暴躁，大家都很害怕他，据说如果有人不幸得罪了他，他就会用非常残暴的手段来惩罚他们。

陶尔梵刹斯在隐居处等了很久，觉得自己受到了极其不公正的待遇。沙菎坦罗恳求他原谅，希望他能接受自己的款待，但这都是徒

劳。老人怒不可遏，他把女孩推到一边，火速离开了，口中喃喃地咒骂着她。

沙蒽坦罗觉得自己失职了，很是烦恼，她知道自己犯了多么严重的错误。因为在印度人眼里，如果一个客人偶然造访，但主人没有正当理由就离开住处，是一种极大的罪过。

然而，第二天发生的事情却让她更加伤心。当她在河边洗澡的时候，她珍爱的戒指——国王的礼物，从她的手指上滑了下来，消失在了水里。沙蒽坦罗为丢掉这枚戒指痛哭流涕，但她还不知道这将给她的未来带来怎样的苦难，也不知道这种不幸与愤怒的陶尔梵刹斯有多么密切的联系。

当甘华神父朝圣回来时，他并没有因为沙蒽坦罗的婚姻而不满，这对她来说是一个极大的安慰；相反，这位圣人似乎对她的经历感到非常高兴。

他温柔地说道："我的女儿，就算是伟大的杜尚塔，你也配得上。国王来接你的时候，我会很高兴地把你交给他。"沙蒽坦罗高兴地流下了眼泪，认为虽然失去了戒指，但她却是最幸福的普通人。

几天过去了，沙蒽坦罗开始担心，因为国王既没有亲自来，也没有派信使来找她。

她问自己，到底发生了什么事？是杜尚塔病了，还是他对自己的轻率选择感到后悔了？啊，不，她绝不相信。但是，她如此思念他，他为什么不来？

这时，甘华神父也开始不安起来，他说：

"我的女儿，既然国王没有来，你必须到他的官殿去找他。别耽搁，赶紧准备上路吧。虽然我不愿意与你分开，我心爱的孩子，但妻子就应该在丈夫身边。"

沙莨坦罗不知道是该为能见到杜尚塔而高兴，还是该为这次旅行而害怕，这似乎违背了她的丈夫。他在与她分别时不是说"在这里等我，我的沙莨坦罗，我很快就回来"吗？但是，她不能拒绝甘华神父的吩咐。于是，她人生中第一次穿过大森林，前往了未知的世界。

许多天后，她到达了王城，得知国王就在官殿里，她恳求面见国王陛下，说自己带来了非常重要的消息。

当她来到国王的宝座下时，她的心脏快速地跳着。透过厚厚的面纱，她看到了她爱的那张脸。

杜尚塔亲切地问道："你想要什么？"听到他的声音，沙莨坦罗惊喜地抖擞了精神，心中燃起了希望。

她揭开面纱回答说："陛下，不要生我的气，但因为你没有遵守

承诺，没有立刻回来接我，我不得不在这里找你。"

杜尚塔困惑地喊道："我承诺要去接你是什么意思？"

沙菎坦罗盯着他，眼中充满了恐惧。

"你难道忘了我们在森林里的婚礼，你是如何发誓要永远珍惜我的？不要这么陌生地看着我，我求求你，遵守你的承诺，承认我是你的新娘。"

国王重复道："我的新娘！这是个什么故事？我以前从未见过你。"

可怜的沙菎坦罗几乎不敢相信自己的耳朵，她喃喃自语："我的陛下遭遇了什么？我一直害怕他对我们匆匆成婚后悔，但他肯定不会真的在拒绝我。"

她可怜巴巴地向杜尚塔伸出双臂，喊道："你怎么能说这样的话呢？这话不应从一个国王口中说出啊。唉！我做了什么，你要如此残酷地对待我？"

国王解释道："我从来没有见过你，你是疯了还是在耍我，竟然带着这样无聊的故事来找我？"

沙菎坦罗站在那里看着他，越来越绝望。她从国王冷漠的脸上明白自己的祈求是无望的，于是她痛哭流涕地逃出了会客厅。

虽然杜尚塔在如此短的时间内变得邪恶无情，但实际上他只是说出了他深信不疑的事实。

他根本不记得沙蓖坦罗，是因为这个原因——

当老圣人陶尔梵刹斯对这个可怜的女孩施以诅咒时，他狠毒地宣布，首先，她会丢掉国王的礼物；其次，除非杜尚塔再次看到他的戒指，否则他就永远记不起沙蓖坦罗，即使她站在他面前。

不幸的是，即使是因陀罗神也无法改变老圣人曾经施加的诅咒，而且杜尚塔的戒指已经被森林中的溪流冲走了，国王还怎么可能记住他的新娘呢？

然而，尽管有诅咒，后来杜尚塔想到这件事时，反而希望当时能更温柔地对待这个可怜的女孩，因为他总觉得她身上有一些奇怪的谜团。但直到一个奇迹发生，他才得以明白真相。

沙蓖坦罗拜访皇宫的几年后，一个渔夫被带到国王面前，讲述了一个奇怪的故事。

这个人在河里抓到了一条很大的鲤鱼，当他剖开鱼肚的时候，哦！一个刻有"杜尚塔"名字的金戒指就在鲤鱼的身体里。他马上带着戒指去见国王。

国王看着这枚戒指，眉头紧皱，很是疑惑。

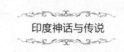
他说："这肯定是我的，但我不记得丢过它。"

他下令好好赏赐这个诚实的渔夫，又好好看了看戒指，把它戴在了自己的手指上。

他突然喊道："这是什么？我心中的乌云似乎被驱散了。现在我想起来了——这是我送给我隐居的新娘——沙莨坦罗的戒指。唉！我做了什么？在皇宫找我的是沙莨坦罗，而我却用冷酷的话语把她从我身边赶走了。"

现在，国王记忆完全被唤醒了，他痛苦地意识到自己在不知不觉中给可怜无辜的沙莨坦罗带来了多么大的悲伤。

他急忙赶到森林，但那个隐居处已经荒废了，因为甘华神父已经不在了。他把王国找了个遍，但沙莨坦罗好像从这个世界消失了，最后国王不得不相信，这个可怜的女孩已经在某个无人知道的地方伤心至死了。

他陷入了深深的悲伤之中，整日为他失去的新娘伤心，没有人能让他振奋起来，而他的臣民也因为他们爱戴的国王而难过。

虽然因陀罗神无力解除陶尔梵刹斯的诅咒，但他并没有对这位愤怒的老圣人所造成的痛苦置之不理，现在杜尚塔的戒指找回来了，这个老圣人已经无法再施加诅咒了，因陀罗决定安慰一下这位难过的国王。

一天，杜尚塔在花园里散步，想着他和沙莨坦罗在森林里度过的快乐时光——唉，这是很久以前了！这时他看到天空中有一个奇怪的东西，看起来像一只闪闪发光的大鸟。

"大鸟"越来越近，让杜尚塔惊讶的是，这只"鸟"其实是一辆套着烈马的马车，马的缰绳由一个像神仙一般的人牵着。

车子在离国王很近的地方停了下来，马夫叫道："你好，杜尚塔！你不认识我了吗？我是马太黎，伟大的因陀罗神的车夫。请跟我来，神需要你。"

国王大吃一惊，因为虽然因陀罗神偶尔也会向他的崇拜者现出真身，但这是杜尚塔第一次被召唤到神的面前。

他登上了马车，马车飞速地旋转着飞上了天空，很快他的王国就像一个小斑点一样在他的脚下了。车子越飞越高，马在空中飞驰，仿佛脚下踩着的是坚实的土地，直到马车突然在云层中停了下来，马太黎告诉杜尚塔要下车了。

国王听了他的话。渐渐地，随着云散去，他看到他独自在一个宁静的地方，沐浴在天光之中。鸟儿在开满鲜花的树上欢快地歌唱，杜尚塔感受到一种神圣的气氛，他肯定自己已经靠近伟大的因陀罗神

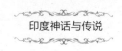

的住所了。

灌木丛中传来沙沙声，杜尚塔屏息等待。神要显灵了吗？

然而，出现的不是天神，而是一个小男孩，他抱着一只小狮子，虽然狮子在猛烈地挣扎，但孩子紧紧地把它抱在怀里，没有一点恐惧。

国王对这年轻人的勇敢感到惊讶，叫道："来吧，孩子，你叫什么？"

男孩随意地答道："我不知道，有时他们叫我'全能驯兽师'，因为我有强大的驯服动物的能力，但这不是我的真名。"

国王说："奇怪，如果你是我的儿子，你应该拥有高贵的婆罗多的名字。"他深深地叹了口气，想到如果不是厄运把他和沙茛坦罗分开，他们可能也会幸福地拥有这样一个美丽、勇敢的儿子。他忍不住地靠近孩子，伸出双臂想拥抱他，但孩子躲了回去，哭着说："没有人可以碰我。妈妈，妈妈，快来。"

一个温柔的声音传来："我来了，我的儿子。"

国王突然一惊，接着开始剧烈地颤抖起来，他的心中燃起了巨大的希望——这个希望几乎在他意识到之前就已经实现了。因为沙茛坦罗正站在他面前，她看起来憔悴而悲伤，但比杜尚塔在森林里第一

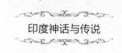

次见到她时更加美丽。

看到国王，她骄傲地站了起来，但杜尚塔扑倒在她脚下，哭着说："哦，沙莫坦罗，不要离开我。"他急忙讲述了他遇到的怪事，他是如何忘记了他的新娘，直到找到了戒指，以及从那时起，他是如何从那之后到处寻找她，试图为他过分的行为做出补偿的。

沙莫坦罗默默地听着，然后她突然高兴了起来，叫道："杜尚塔，现在我明白了。这一定是陶尔梵刹斯的惩罚。"她告诉国王关于愤怒的圣人的事，她是如何在溪水中丢失了她的戒指，以及这些年她想到丈夫对她的残忍行为时是多么痛苦。

"但你一直以来都躲在哪里？这是什么地方？"杜尚塔急切地问。

沙莫坦罗答道："亲爱的丈夫，这是一座圣山，靠近伟大的因陀罗神的住所。当你在你的宫殿里拒绝认我时，我觉得悲痛欲绝，但一件奇妙的事情发生在我身上。当我躺在地上哭泣时，因陀罗神派他的马车来到了人间，我被天上的人带到了这里，从那时起他们就一直守护着我。"

一直在远处看着他们的男孩喊道："母亲，这个人是谁？""他是你的父亲，我的孩子。"沙莫坦罗回答说，眼中充满了喜悦的泪水。"快抱抱你的儿子，杜尚塔。他是众神送给我的礼物，来安慰我的孤独。"

就在国王觉得自己幸福到极点的时候，马太黎再次驾着马车来了。

他喊道："你满意了吗，杜尚塔？现在，和我一起回到人间吧，这是伟大的因陀罗神的愿望。善待你的儿子，因为他能创造一个英雄的民族。哦，多么幸福的一对。"

马车载着他们回到了人间。从那时起，杜尚塔和沙莄坦罗就幸福地生活着，而他们的儿子，他们给他起名为婆罗多。长大后，正如马太黎预言的那样，他创造了一个崇高的民族。

摩纳娑的复仇

　　很久以前，伟大的湿婆神的女儿摩纳娑和内塔因为继母的嫉妒被赶出了天庭，来到人间住了一段时间。内塔很高兴当一个凡人，在河岸边的一座房子安顿了下来，但摩纳娑却不满地到处游荡。她还想要权力，虽然已经统治了所有的蛇和爬行动物，但她并不满足。她希望得到人类的敬仰。最后，她想出了一个计划，来实现她的目标。

　　在黄玉兰城，住着一个有钱有势的商人叫昌德，他能左右所有邻居的意见。摩纳娑认为如果她能诱使他向她致以敬意，其他人很快就会效仿他。

　　当时，昌德是最幸福的凡人。他有一个温柔可爱的妻子，六个健壮的小儿子；他住在一个堪称皇宫的大理石房子里，他的花园也是

人人羡慕。据说，世界上没有任何地方能长出如此美丽的花朵、如此香甜的果实；炎热的白天过后，昌德以在鲜艳的花朵和满树的果实中漫步为乐。

一天晚上，他独自坐在他的莲花湖边，一个陌生人出现在他面前。这是一个可爱的少女，年轻苗条，有着又黑又长、像蛇一样的头发和冷峻闪亮的眼睛。

昌德站起来，礼貌地对她行礼，问她从哪里来，有什么需求。

她回答说："知道吗，昌德！我是摩纳娑，伟大的湿婆神的女儿。因为我希望得到人们的敬仰，我请求你在你美丽的花园里为我建造一座寺庙。"

昌德并不想向摩纳娑致敬，所以他回答说自己不可能满足她的要求。他的花园里已经有一座湿婆神庙，他不希望再建一座。

这个女神用她所有的魅力恳求他，但昌德十分固执，一旦做出决定，没有人能够诱惑他让他改变。所以他坚定地重复说，虽然他也不愿意拒绝她的要求，但出于许多原因，自己必须这样做。

最后，摩纳娑生气了。"你会为你的愚蠢行为后悔的。"她怒吼道，然后带着蛇一样神秘的优雅姿态离开了。

昌德没有再想这件事，当晚安然入睡了。但当他在黎明时分醒

来，从窗子里探出头，看着沐浴在阳光下的花园——他看到了什么！他美丽的天堂变成了一片废墟，因为在夜里，奇怪的爬行生物侵入了花园。树上一片叶子也没有了，花也凋谢了，树枝和灌木上也看不到水果。

愤怒的商人喊道："这一定是摩纳娑干的。但无论她怎么做，她都无法战胜我。商卡拉会帮助我识破她的邪恶计划。"

商卡拉是位聪明的老人，拥有神奇的力量。在昌德的请求下，他来到花园，给光秃秃的树木和枯萎的植物洒上露水。说来也奇怪，转眼间一切都恢复了原样。树木长出了叶子，杧果、石榴和其他水果在枝头肆意生长着，芬芳的花朵绽放着。鸟儿歌唱，蜜蜂在花朵间忙碌着。在凉爽的夜晚，昌德再次在他的花园里欢呼雀跃。

然而，第二天，他就成了人群中最可怜的一个，因为不仅花园又成了废墟，而且有使者请他跟随他们到商卡拉的住所。这位善良的老人死在了地上，喉咙上有蛇的毒牙牙印。

昌德对失去朋友感到悲痛欲绝。现在也没有人有能力恢复这个被毁坏的花园，但悲痛让这个商人更加坚定自己的想法。他发誓，无论他因摩纳娑的怨恨而遭遇什么不幸，他都不会去讨好她。即使他的六个小儿子一个接一个地死于神秘的疾病，昌德也不会屈服。他放弃

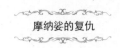

自己的生意，坐在家里一个黑暗的房间里，拒绝人们来访。尽管他心碎的妻子恳求他重新考虑，以免他也被击垮，但昌德仍然固执己见。妻子担心他疯掉，恳求他出海做生意，以分散他的注意力，摆脱悲伤。经过一番劝说，昌德同意出海，但厄运仍然追着他。他的船在风暴中被击沉，他险些被淹死，回到黄玉兰城的他几乎成了一个废人。但在家里等待他的却是个好消息：在他离开期间，他的妻子生下了第七个儿子。看到这个孩子，昌德很高兴，几乎忘记了之前的痛苦。他开始工作，为这个叫拉克什米达拉的男孩赚钱，他的生意很快恢复了兴隆。

摩纳娑的复仇似乎真的结束了。几年过去了，昌德和他的家人一直运气很好。拉克什米达拉长成了一个健康英俊的青年，在他要娶妻的时候，他选择了邻居商人的女儿贝胡拉，这让他的父母非常高兴。贝胡拉因其智慧、虔诚和善良而得到整个黄玉兰城人的喜爱，没有一个人不为她与拉克什米达拉的订婚感到高兴。

结婚的准备工作开始了。一天晚上，昌德做了一个可怕的梦。摩纳娑出现在他面前说："你的儿子将在结婚当晚被蛇咬死。"

昌德惊醒后战战兢兢地告诉他妻子这个可怕的梦。她没有惊慌失措，但昌德却很不安，因为他觉得自己做的不是普通的梦。因此，

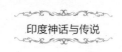

他下令为这对新人建造一座钢铁的屋子，要求建房子的人不要在墙上留下任何裂缝或洞。

不幸的是，其中一个工匠是个粗心大意的人。房子完工后，他注意到两面墙的连接处有一个小小的裂缝。由于没有时间补救这个过错，于是他用沙土把这个裂缝填上了，希望没有人注意到它。

婚礼开始了。在一场盛大的宴会之后，拉克什米达拉带着他的新娘来到了铁屋。他刚跨进门槛，一条盘曲着的巨蛇就从墙上藏着的缝隙中钻了进来。贝胡拉发出尖叫，拉克什米达拉说："没什么好怕的，亲爱的。"他走上前要杀了这个入侵者。但他还没来得及拔剑，大蛇就袭击了他，用毒牙咬住了他的喉咙。

拉克什米达拉倒在地上死了，巨蛇也从墙缝中消失了。贝胡拉的尖叫声被铁屋外的卫兵听到了。他们冲了进去，但已经来不及了。他们叫来了昌德，巨大的打击让他心碎，下令准备火葬儿子。

但贝胡拉紧紧抱住他，在啜泣中恳求他不要将她丈夫的尸体投入火中。

"唉，我的孩子！我们现在除了体面地安葬他，还能做什么呢？"

贝胡拉叫道："我听说被蛇咬死的人还能复活，也许我们能找到

一些能创造奇迹的法师。我求求你把尸体放在木筏上，让我独自带着这个负担远行，寻找帮助。"

昌德反驳说这样的奇迹是不可能发生的，但贝胡拉回答说："对神来说，没有什么是不可能实现的。"

昌德只能答应了她的请求。

拉克什米达拉的尸体被放在了筏子上，贝胡拉坐在他身边。筏子离开了渡口，顺流而下，贝胡拉不停地祈求神灵复活她的丈夫。

没有一个法师出现帮助她，但她仍然没有失去信心。几天后，木筏在一个美丽的住处附近搁浅了，贝胡拉对自己说："也许我能在这里找到一个能帮助我的人。"

然而，房子里只有一个美丽的女人，她亲切地问候了贝胡拉，并听她讲述了她悲惨的经历。

这个陌生的女人恰好是摩纳娑的妹妹内塔，她知道这种肆意残酷的杀戮是蛇神的杰作，对她妹妹充满了愤怒。

她轻轻地说："唉，可怜的贝胡拉！我没有能力让死者复生，但我会召唤我的父亲，伟大的湿婆神，他一定会帮助你。"

内塔开始召唤这个伟大的神，在一片刺眼的光芒中，神显灵了。贝胡拉恳求他帮忙，湿婆神听到她甜美的声音，被感动了。然

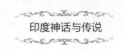

后，贝胡拉在他面前翩翩起舞。湿婆神喊道："美丽的贝胡拉，你只应该享受快乐！因此，我要复活你的丈夫。"于是湿婆神对着尸体吹了一口气，拉克什米达拉睁开了眼睛，当他看到贝胡拉时发出了欢呼声。伟大的湿婆神说："回到黄玉兰城吧，不要再害怕摩纳娑复仇了。我已经下令，要她永远远离昌德家族和他的后裔。"

这对重新团聚的恋人踏上了归途，他们归来时的欢呼声比结婚时还大一千倍。从此，拉克什米达拉和贝胡拉过上了幸福宁静的生活，昌德再次成了一个幸福的人。他的事业蒸蒸日上，他为自己设计的新花园甚至比原来的更漂亮。

罗摩、悉多历险记

第一章　罗摩的流放

一个漫长的夏夜里，阿约提亚的人们都在为明天的节日——他们爱戴的王子罗摩的加冕大典——装扮美丽的城市。他们在树梢上挂起鲜艳的灯笼，用旗帜和闪亮的彩带装饰城市的白色庙宇；他们焚烧馥郁的熏香，四处撒下鲜花。在街道上所有欢乐的人群中，没有一个人不对即将到来的节日充满期待，因为罗摩和他年轻的妻子悉多是人们心中的偶像。

现在，虽然罗摩要加冕，但他的父亲十车王还活着，只是这位老国王觉得自己年老体衰，已经无法独自履行国王职责了。因此，他

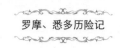

从他的三个儿子——罗摩、婆罗多和罗什曼那中选择了长子罗摩，从此与他共掌王权。

不幸的是，罗摩在王宫里有两个危险的敌人，但这也并非是他的过错。其中之一是他的继母，王后吉迦伊，另一个是一个效忠于她，并知道她所有秘密的老奴曼他罗。在这个欢乐的新婚前夜，这两个女人站在宫殿的窗口，忧郁地看着下面拥挤的街道。

吉迦伊王后痛苦地喊道："啊，曼他罗，我多希望这些准备工作是为了我自己的儿子婆罗多，而不是为了国王最喜欢的孩子罗摩。"

曼他罗带着狡猾的微笑说："我想你的愿望能实现，夫人，婆罗多王子不是也受到他父王的喜爱吗？"

王后不耐烦地问："怎么实现呢，女人？你觉得十车王会按照我的要求先考虑婆罗多，而不是罗摩吗？"

曼他罗说："比这更奇怪的事情已经发生了。"她提醒吉迦伊，多年前，王后是如何在战场上治好十车王的伤，救了他的命；以及作为回报，这位感激的国王是如何发誓任何时候只要她要求，就满足她两个愿望的。

曼他罗继续说："听着，我的王后。你从来没有要求过实现你的权利，但现在是时候了，你应该提出要求了。"

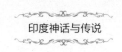
　　然后，她拉着女主人的手，在她耳边说了几句话，女王的眼睛顿时闪着胜利的光芒。

　　她喊道："曼他罗，你太聪明了！我会按照你的建议去做。但是现在天快亮了，没有时间了，因为日出后大典很快就会开始。"

　　吉迦伊急忙赶到国王的房间，她急切地对躺在沙发上的老国王喊道："我的陛下，告诉我！你还记得很久以前我是如何在战场上救了你的命吗？"

　　国王回答说："我从来没有忘记你那精湛的医术，也没有忘记我当时向你做出的承诺。你现在是来要你的两个恩惠吗，我的吉迦伊？"

　　王后低头热切地回应了。

　　毫无怀疑的十车王说："现在向我提出你的要求吧，我用我亲爱的儿子罗摩发誓，如果我有能力满足你的要求，我一定不会拒绝。"

　　吉迦伊高兴地喊道："那么，国王，请答应我这两件事。让我们的儿子婆罗多今天加冕，把罗摩放逐到丹达卡森林十四年。"

　　十车王几乎因惊愕和愤怒而晕倒。

　　他用颤抖的声音喊道："你说什么？你这个疯女人！我的罗摩对你做了什么？不，我不会满足你这些无耻的要求的。"

吉迦伊装作漫不经心地答道："随便你，但十车王，不要以为你的臣民会不知道你失信于我。在这片广大的土地上，你背弃诺言很快就会家喻户晓，此后各国都将对你嗤之以鼻。"

十车王知道他被王后控制了，因为在任何情况下，国王都必须信守诺言。此外，他不是以他亲爱的儿子的名义发过誓，说他将满足这些要求吗？虽然这一要求很残酷无情。他恳求王后不要放逐罗摩，他会再答应她的其他要求。但王后却很坚持，她认为如果把罗摩送到据说有恶灵出没的丹达卡森林，在放逐十四年后，他不可能从那里活着回来。因此，婆罗多就能够安心地统治国都位于阿约提亚的大国——憍萨罗国。

最后，十车王发现他的恳求也改变不了王后，于是认命了，痛苦地走进了王宫的大殿，人们都在那里急切地等待着他。

让大厅里的每个人都感到惊讶的是（当然，除了吉迦伊和曼他罗），国王宣布从今以后将由婆罗多而不是罗摩分享他的王位。人们又惊讶又伤心地窃窃私语，罗摩王子也惊讶地走上前去。当他站在王位前时，兴奋的人群开始为他欢呼，他们看到了一个高贵、英俊的人物，眉间印着真理和勇气。

他保持着尊严，问道："我做了什么，我的父亲？你要这样羞辱我？”

国王再也无法控制他的悲痛。在痛苦的泪水中，他谈到了他对吉迦伊的誓言，他必须满足她的要求，不管它们是多么残酷不公。

“我还有一个与你相关的更糟糕的消息，我的儿子，”他继续用绝望的语气说，“我不仅要剥夺你的王位，而且你的继母还希望把你放逐到丹达卡的森林里十四年之久。”

人们异口同声地喊道：“假皇后真可耻！”婆罗多抓住罗摩的手，发誓他永远不会取代他的继兄登上王位。

但罗摩一直默默地听着他父亲的话，他难过地说道：“不，好婆罗多，王位是你的，因为我必须遵守我们父亲的承诺。我会一个人去寻找丹达卡的森林，十四年后，我才会回到阿约提亚。”

一个甜美的声音喊道：“你不会一个人去的，我的罗摩。”有着黑色瞳孔的美丽的悉多说道。虽然对这一突如其来的消息感到痛苦、恐惧，但她冲到了丈夫的身边，用手臂搂着他的脖子。

她继续恳切地说：“让我分担你的痛苦吧，因为没有你，我肯定会死在这里。”

罗摩温柔地回答：“丹达卡森林里充满了危险，你很清楚，我的悉多，据说恶魔之王——可怕的罗波那，和他邪恶的勇士总在森林里

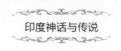

出没，他们总是想对善良和无辜的人下手。"

国王的小儿子罗什曼那王子叫道："我也要陪你一起去，罗摩。我会尽我全力帮助你保护你的悉多。"他一直对罗摩很忠诚。一开始，罗摩说他不能让他的妻子和兄弟忍受森林生活的苦难，但悉多和罗什曼那极其恳切地请求与他同行，最后他让步了。接着，他转向国王，温柔地拥抱了这个老人，哭着说："愿您一切都好，我的父亲。我不怪您，因为您也是我继母阴谋的受害者。"

于是，在巨大的悲痛中，罗摩、悉多和罗什曼那告别了皇宫里所有爱他们的人，换下了皇室的衣服，穿上了森林居民的朴素装束，他们向憍萨罗国南部，丹达卡幽深的森林出发了。

三位放逐者刚离开王宫，十车王就陷入了昏迷，所有医生都没能使他苏醒过来。几天后，他还没有恢复意识就去世了。

邪恶的吉迦伊想："现在，我的婆罗多终于要加冕了。"

但王后注定要失望了，因为婆罗多拒绝登上王位，他说必须把罗摩从森林中接回来，以取代自己名正言顺地登上王位。吉迦伊恳求她的儿子不要让给予他荣耀的计划泡汤，但婆罗多坚决要伸张正义。他匆忙赶往丹达卡森林，在那里他成功地找到了罗摩和他的同伴们。

到目前为止，森林中的艰苦生活似乎并没有让这些放逐者过得

窘迫，因为罗摩和罗什曼那身体健康、精神饱满，而悉多虽然穿着简单的衣服，看起来却比以前更漂亮。罗摩听到父亲的死讯后深感悲痛，他并没有接受婆罗多的恳求，回到阿约提亚，接受憍萨罗国国王的封号。

他坚定地说："我父亲承诺过，我还得继续被流放十四年，所以我一定要留在这里履行他的誓言。"

婆罗多喊道："那么，我先暂代你统治人民，直到你回来。"

于是，婆罗多告别了放逐者，回到了阿约提亚，用智慧和正义管理着憍萨罗国这个庞大的国家。但是，他忠于自己的诺言，拒绝加冕，把罗摩的一双鞋子放在王位上，以示他暂时缺位的哥哥的权威。

就这样，吉迦伊没能让她的儿子成为真正的国王，但她和曼他罗都没有放弃希望，因为他们确信罗摩永远不会从丹达卡这个险恶的森林中回来。

与此同时，放逐者们深入森林，以草药、水果和野菜为生。有时他们会遇到一个小小的隐居所，那里住着一些圣人，有时会款待他们一番。此外，他们在森林里甚至看不到一个活人。虽然他们一直在警惕恶魔之王罗波那和他的勇士，但到目前为止，还没有一个恶灵出来骚扰他们。

就这样，时间飞逝，直到放逐者在森林中度过了近十年的流亡生活。一天，他们偶然来到了一个小隐居所，那里住着一位声名显赫的老牧师，名叫投山仙人。

这位老人热情地欢迎他们，听说他们在森林中度过了这么多年而没有受到恶魔的攻击，他感到非常惊讶。

他说："因为我是牧师，罗波那和他邪恶的勇士就不会来骚扰我，但我多次看到他们潜伏在这个地方附近，我担心你们会受到他们的迫害。罗摩，也许你已经被众神选中注定要向这些严重威胁这片土地的恶灵们开战。我把我的这些武器送给你。"

令罗摩惊喜的是，投山仙人给他送来了一张弓和一个装满无数箭的箭筒，而罗什曼那也非常高兴得到了一把金鞘剑作为礼物。

"这些武器曾一度属于伟大的因陀罗神，"投山仙人解释，"它们射得准，箭箭致命。现在你们可以任意冒险了，因为恶魔都害怕这些箭和这把剑。"

罗摩和罗什曼那不知道该如何感谢这位老牧师。当罗摩珍惜地触摸他的新宝物时，他郑重发誓，如果有机会的话，他一定努力为世界铲除这些恶灵。

这些放逐者在隐居所休息了一会儿，然后向投山仙人告辞了。

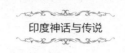

罗摩问老牧师是否可以指引他们去个好地方，好让他们安顿下来过冬。

他说："悉多已经厌倦了流浪，因此我们要为自己建造一个小小的住所。"

投山仙人回答说："去看看潘查瓦蒂山谷吧，那是一片可爱茂密的草地，你们可以在那里舒舒服服地过平静的生活。"

然后老人告诉了他们往哪个方向可以找到这个山谷。接着，这些流浪者向他告辞了，带着珍贵的武器继续前行。

他们很快就到达了潘查瓦蒂山谷，那确实是一个美丽、宁静的地方。山谷长满了开花的灌木和树木，鸟儿在树枝上不停歌唱，一条小溪蜿蜒穿过草地，发出悦耳的声响。

悉多急切地喊道："我们留在这里吧。"于是王子们努力为她建造了一个小住所。不久他们就大功告成了，悉多对她的新家十分满意，在她看来它就像一座宫殿，尽管小屋的墙壁是用混凝土而非大理石制成的，而且支撑着茅屋屋顶的柱子是用竹子做的，不像宫殿那样闪闪发光。

冬天平静地过去了，罗摩现在确信恶魔永远不会找他们的麻烦，因为投山仙人赐予了他们法器。但他很快就发现自己错了，并从

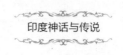

痛苦的经历中学到，仅靠法器不足以保护善良和无辜的人免受恶魔之王罗波那咒语的袭击。

第二章　悉多被抓

罗摩和他的同伴们真不幸！随着春天到来，他们的幸福和安宁也结束了。因为众神和善良者的死敌——可怕的恶魔之王罗波那现在决心要加害他们。

罗波那知道投山仙人给了罗摩和罗什曼那法器，意识到他明着攻击这对兄弟是很危险的，必须找到一些方法暗杀他们。因此，他经常潜伏在潘查瓦蒂山谷附近，希望能等到兄弟俩手无寸铁的时机，但他见到他们时，他们总是法器不离手。

然而，在初春的一个晚上，当罗波那从远处观察这些放逐者时，一个想法出现在他脑子里，他邪恶的心很快充满了喜悦。

他自言自语："这个悉多比世间所有的女人都要漂亮，对罗摩来说比他的生命还要珍贵。我不需要再去杀死这位骄傲的王子了，我要从他那里偷走他最珍爱的东西。悉多一定会是我的。"

罗波那越想着这个邪恶的计划，就越高兴，尽管他知道抓住悉多并不是一件容易的事，因为罗摩和罗什曼那无时无刻不在保护着

她。确实，罗波那会所有的巫术，但他还是决定向他的兄弟摩利支寻求帮助，因为他是所有恶魔中最聪明、最狡猾的。

摩利支独自住在森林的深处，罗波那召唤来自己的马车，一刻不停地赶去了他那里。在魔王的命令下，马车立刻出现了。这是一辆由两头长着妖精头的凶猛驴子拉着的金色马车，而且，这辆奇怪的车不仅能以惊人的速度在地上飞驰，而且还能像大鸟一样在空中飞行。罗波那走进马车里。当罗摩和他的伙伴们在一天的劳作后心满意足地休息时，并没有想到他们会遇到这样的悲剧。魔王乘着他的马车飞到了森林中最阴暗的地方，看到摩利支正坐在他的住所前，研究法术。

罗波那喊道："你好，摩利支！我是来求助你的。你知道憍萨罗国王子罗摩和他的妻子悉多、兄弟罗什曼那已经闯进了这片森林吗？"

"是的，罗波那，"摩利支伤心地答道，"但小心！一定不要骚扰这些凡人，因为我有一种奇怪的感觉，这个罗摩会给我们带来厄运。"

罗波那听了他兄弟的话，轻蔑地笑了起来，但摩利支继续严肃地说道："我想，是诸神亲自派这个强大的王子来消灭我们。你知道吗，罗波那？投山仙人的魔箭就在他手里。"

罗波那回答："这我很清楚。所以，我并不想与这个罗摩正面交涉。但听着，我的摩利支！我所要做的会比杀死他更让他痛苦。"

接着，罗波那阴险地告诉他的兄弟，他打算如何把悉多带到他在遥远的兰卡岛上的魔法宫殿。

他说："在那里她将成为我的女王。罗摩一定找不到她，因为没有一个凡人可以穿过把兰卡和这片土地分开的波涛汹涌的海洋。"

摩利支坚定地说："我不会帮你的，兄弟。因为我知道，如果你

伤害了罗摩，灾难就会降临在我们身上。我求求你放过这个悉多，你可以找到另一个新娘，也许比罗摩的妻子更漂亮。"

然而，罗波那并没有因兄弟的劝阻而改变主意。但是他知道，如果没有摩利支的帮助，他永远都无法实施他的计划。于是，这个魔王打算通过贿赂来达到目的。

他喊道："如果你愿意帮我，我会把我王国的一半分给你。"但是摩利支并没有被这个好处所诱惑。最后，罗波那绝望至极，他举起剑，喊道："如果你不帮我，我会立刻杀死你。"

看到罗波那的决心，摩利支不得不退让。这两个恶魔在一起密谋了很久，直到天亮，他们才乘坐罗波那的马车出发，去实施歹毒的计划。

与此同时，罗摩和他的伙伴们的美梦还并没有被邪恶的预言所打扰，他们现在正享受着春天清晨的美景。中午时分，罗什曼那在离树丛不远的地方寻找新鲜的水果，而罗摩和悉多则坐在一棵树下的阴凉处休息，他们忙着自己的工作。

悉多欣赏着周围的春花，罗摩则充满爱意地注视着她甜美的脸庞，想着她与自己一起流亡的奉献和勇气。正当罗摩想该如何报答她无私的爱时，悉多突然惊得跳了起来。

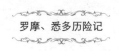
"看，我的罗摩，"她指着一只刚跑进视线的小羚羊叫道，"看看这只美丽的小动物！它多么漂亮，毛色多么鲜亮。我从未见过如此可爱的动物。它跳来跳去，多轻盈啊！在这个宁静的地方，在金色的阳光下，它是多么快乐！哦，优雅、美丽的小动物，披着闪闪发光的毛发，像活的金子！真希望它是我的！"

"你要这只小动物做什么呢？"罗摩问道。

"我想让它成为我的玩伴，"她俏皮地回答，"当我们被放逐的漫长岁月过去后，这只小动物就会和我一起回到阿约提亚。"

"你会实现你的愿望的。"罗摩叫道，他飞奔起来追赶那只羚羊，但那只胆小的小动物又蹿了出去，藏进了树丛中。

悉多失望地叫了一声。羚羊又出现了，但它又一次躲过了罗摩的追捕，又跳进了树丛。

罗摩坚定地说："我一定会为你抓住这只动物的，不要担心。喂，罗什曼那！在我抓这只羚羊的时候，你到这里来保护悉多。"

罗什曼那听到他哥哥的呼唤，急忙回到草地上。罗摩拿起他的弓和箭，飞快跑去追赶羚羊。这只羚羊引着他来回穿梭。它先是带着罗摩穿过灌木丛，然后又冲向森林的深处，跑了很远很远，果然，王子开始感到又热又累了，但他并没有放弃。

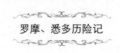

他告诉自己："这是我们在森林里居住以来，悉多想要的第一个东西，如果是在我的能力范围内，我一定要实现他的愿望。"

羚羊继续向前跑着，一会儿靠近罗摩，一会儿又藏了起来。直到最后，当他意识到他已经离开潘查瓦蒂山谷很远了，才突然开始感到了不安。

罗摩想："这不是一个无知的小动物的诡计。这是恶魔的诡计，引诱我离开悉多的身边呢！赞美诸神，还好罗什曼那和她在一起。"羚羊再一次跑向了他，接着，当罗摩举起手来准备射箭时，它又如闪电般蹿走了。

困惑的王子说道："不，即使我抓住了这只动物，它也不适合作为我的悉多的玩伴。所以我还不如杀了它，把鲜艳的皮毛拿回去给她，而不是活捉这只羚羊带回去。"

于是，罗摩拉开弓，射出了他的一支魔箭。羚羊应声倒下，当罗摩正为伤害如此美丽的小动物自责不已时，奇怪的事情发生了！

羚羊变了样子，迅速变成了一个恶魔，身体上还有一个致命的伤口。

原来是摩利支用他的巫术把自己变成了一只羚羊，希望把罗摩和罗什曼那从悉多的身边引开。

恶魔的计划已经完成一半了，因为罗摩已经被引到了这里，远离了他心爱的妻子。摩利支死前用仇恨的眼神看着王子，用最后的努力完成罗波那给他的任务。他用和罗摩一模一样的声音喊道："救命啊，罗什曼那，救命啊！"然后，这个恶魔就死了，而罗摩站在一旁，心中充满了疑惑和不安。现在，摩利支临死前的呼喊声在森林中回荡（正如恶魔所想的那样），远远地传到了潘查瓦蒂山谷，悉多和罗什曼那正在那里等待着罗摩的归来，听到这可怕的声音，悉多惊恐地看着她的同伴，喊道："那是罗摩！他有危险！罗什曼那，快去找他。"

但罗什曼那摇了摇头。

他严肃地回答："不，悉多。我不能离开你，因为我已经向罗摩保证，他不在的时候，我会寸步不离。"

"去吧，去吧，我求求你，"悉多流着泪叫道，"如果我的丈夫被杀了，我活着还有什么意义？快走吧，弟弟，不然就来不及了。"

他温和地说道："不要害怕，那不过是森林中某个恶灵的声音。罗摩，这个无畏的、战无不胜的人，为什么要向我求救呢？他可以用投山仙人的魔箭保护自己。"

但悉多痛苦地摆了摆手，拒绝接受安慰。

"你是个懦夫吗？"她痛苦地喊道，"哦，我现在明白了——你害怕帮助你哥哥。"

罗什曼那无法忍受这种无理的嘲笑。

"那我去，我的姐姐，"他悲伤地说，"我要去了。"

然后，他叮嘱了她无论发生什么事都不要离开小屋，然后匆匆忙忙地朝那神秘的叫声传来的方向走去。悉多看着他的离去，既欣慰又恐惧。她并不害怕一个人待着，但她害怕罗什曼那来不及帮助罗摩。她痛苦地责备自己，因为她愚蠢的想法导致了她心爱的罗摩陷入险境，甚至可能面临死亡。

时间一分一秒地过去了，对可怜的悉多来说，每一分钟都像是一个小时。她蹲在小屋旁，观察着树木的每一次摆动，仔细聆听着脚步声。一听到灌木丛中的沙沙声，她就赶紧站起来，但是，唉！她急切地盼望着一个人出现在眼前，但他既不是罗摩，也不是罗什曼那，只是一个老隐士，肩膀低垂，脚步疲惫。

老人走近了，悉多带着一丝恐惧注意到，森林里突然发生了变化。在这之前，太阳一直照耀着她，鸟儿用它们欢快的歌声为她欢呼；现在，树上没有任何声音，灌木丛中没有一片叶子在沙沙作响，头顶上的天空变成了阴暗的灰色。

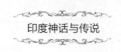

这个陌生人用虚弱的声音说："你好，女士，我可以在这个美丽的地方休息一会儿吗？"

悉多试图克制自己的恐惧，礼貌地问候老人，但是，她多么渴望罗摩和罗什曼那赶紧回来，因为这个陌生人的一举一动都让她不寒而栗。

她害怕地说："我给你倒水洗脚，拿水果给你吃。"老人向她表示感谢，同时直直地看了她一会儿，他的眼睛有着与他年龄不符的明亮和犀利。

"你是谁，女士？"他问，"为什么住在这个危险的、杳无人烟的森林里？以你的美貌和优雅应当住在宫殿里，而不是这简陋的小屋。"

悉多听到他话中的奉承之意更加害羞，急忙告诉他她是如何选择与丈夫一起流亡的。当她解释说因为她看上了一只羚羊，所以罗摩和罗什曼那都离开了她的身边去找那只羊时，老人高兴地笑了。然后他站了起来，他的身体开始变形——瘦小的身躯变得又高又壮，苍老的面容也变得年轻，看起来凶狠又邪恶，他的隐士服掉在了地上，露出了里面华丽的衣服。站在那里的不是别人，正是恶魔之王——可怕的罗波那本人！

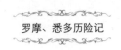

悉多惊恐地叫了起来，向后退着，但罗波那安慰道："别害怕，悉多，我不会伤害你的。你要知道，我是罗波那，兰卡岛的国王，我来到这里是为了让你成为我的女王。你会住在我美丽的宫殿里，过上幸福的生活。跟我走吧，你这美艳绝伦的女人。"

他伸出双臂，但悉多却连连后退，骄傲地喊道："你不知道我是无上的罗摩的妻子吗？"

罗波那回答说："罗摩永远不会回到你身边了，因为毫无疑问，我的兄弟摩利支已经杀了他。是摩利支自己化身成了羚羊，引诱你的罗摩去了森林深处的。"

悉多不知道该不该相信这些残酷的话语，她可怜地看着罗波那，想看清他的样子，但她看到的却是邪恶的喜悦和胜利。

她勇敢地说："就算我的丈夫被杀了，我也会永远忠于他。快走吧，你这个邪恶的王，让我静静地为他哀悼吧。"

罗波那回答说："我不会离开你的。"他低声叫了一声，然后他的马车就出现了。他不顾悉多的眼泪和哀求，用强大的手臂抓住她，强迫她进了马车里。

马车立即向上飞，可怜的悉多感到一切都完了。

她绝望地喊道："你能够带走我，但我永远不会成为你的女王。

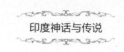

无论罗摩是生是死，我都会忠于他。”

罗波那没有答话，只是让他的马跑得更快了，因为他看到远处有一个黑点在向马车飞来，他担心有人在追他了。

这个奇怪的东西越来越近，罗波那认出了这是秃鹰之王加塔俞，他一直是恶魔族的敌人。

“别动，罗波那，”大鸟一边叫着，一边在马车上飞着，“你要对这个被强迫的俘虏做什么？”

“善良的秃鹰，救救我！”悉多上气不接下气地恳求道，“我是悉多，罗摩的妻子，这个残忍的国王用诡计和他的力量把我抓走的。”

“放了她。”秃鹰命令道。但魔王轻蔑地回答：“我永远不会听你的！别挡我的路，你这个无礼的加塔俞，不然我就杀了你。”

加塔俞猛地向罗波那扑去，但可惜的是，魔王的长矛也深深地刺进了他的身体。

可怜的秃鹰呻吟着：“悉多，现在我帮不了你了。愿众神保佑你。”在痛苦和绝望的喘息声中，加塔俞从高空坠了下去，而罗波那则大笑起来，策马飞驰远去。

马车继续前行，越过森林、平原和山丘，直到到达一座山，在山顶上，悉多瞥见了一些看起来像巨猿的生物。车子在飞行中停了一

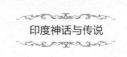

下，悉多被突然的停顿所指引，松开了她的围巾和项链，这两件饰品落入她身下的动物手中。

"如果罗摩还活着，他会在这里找我吧，"她悲伤地想，"那些猿人可能会把我的围巾和项链给他，并告诉他马车飞向了哪个方向。"车子继续前行，令人感到眩晕。它越过村庄和城市，最后接近海岸，然后高高地飞过湍急的海洋，飞向兰卡岛。可怜的悉多注定要在那里忍受长达几年的悲伤和孤独。

第三章　哈奴曼施救

在恶魔摩利支离奇死亡后，罗摩匆匆赶回潘查瓦蒂谷，但还没走到一半，他的心情就变得沉重起来，因为他看到罗什曼那神情不安地匆匆向他走来。"悉多在哪里？"罗摩急切地喊道，"你不会留她一个人在那里吧？"

罗什曼那开始解释所发生的一切，但罗摩用那急促地打断了他："罗什曼那，你错了！快走，有恶灵进入森林了。"

兄弟俩疯狂地向前冲去，当他们接近山谷时，大声地呼唤着悉多的名字，但是，唉！没有回应！

罗摩吓得双眼发直，跌跌撞撞地走过山谷。当他到达小屋时，

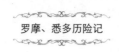

发现他最担心的事情已经发生了，那间小房子冷冷清清的，空无一人。虽然他喊着"悉多！悉多！"，声音回响在山谷里，但没有让他安心的回应。

可怜的罗摩呻吟着，疯狂地来回奔跑："恶魔们把她偷走了，这是罗波那和他的恶魔干的。"罗什曼那颤抖着说："不，罗摩，不要相信这种可怕的事情。悉多可能在睡觉，因为你一直不在她身边，她等累了。我们去蓝莲花盛开的小河边找她吧，那是她最喜欢的地方。"

但是，悉多并没有在水边休息，也没有藏在树木茂密的山谷的角落里，不管两兄弟怎么不停地寻找她，都无法找到她神秘消失的踪迹。黑夜降临，他们仍在继续追寻，时间一点点过去，他们的脸色越来越苍白，越来越憔悴。新的一天的太阳终于升起时，罗摩彻底绝望了。

"哦，罗什曼那，你为什么要离开她？"他呻吟着，痛苦地扑倒在地，"我温柔的、可爱的悉多！你去哪里了？我再也见不到你了。""不要失去希望，我的兄弟，"罗什曼那说，"即使你的悉多在罗波那手中，我们也能找到这个魔王，把她从他邪恶的手中夺回来。来吧，我们继续找。"

罗摩绝望地问道："我们要去哪里？"罗什曼那回答说："向南

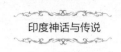

走，因为我经常听到有人说罗波那的王国就在南边很远的地方。来吧，哥哥，也许我们可以在路上听到一些关于恶魔的消息。"

罗摩强忍悲痛向南边走去。不久，事实就证明了罗什曼那的建议是正确的，因为在路上，兄弟俩发现了一只垂死的巨大秃鹰，它身上有一个巨大的伤口，正流着血。

这是加塔俞。罗摩和罗什曼那走近时，这只鸟努力地抬起头，虚弱地叫道："你们在寻找罗摩的妻子悉多吗？"

罗摩屏住呼吸问道："你看到她了吗？哦，说吧，高贵的鸟儿——快说吧！"

加塔俞喘着气说："我是在救她的时候受伤的，罗波那把她带到了自己的马车上。"

"他们去了哪里？告诉我他们去了哪里？"罗摩恳求道，想要按住可怜的加塔俞的伤口，虽然都是徒劳。

大鸟低声说："向南去哩舍牟迦山了。快去求猴王须羯哩婆帮你们吧。"

加塔俞强壮的身躯猛地一颤，然后一动不动了。罗摩意识到，这只高贵的鸟已经死了。

为了表示他们的感激和对这样一个善良慷慨的生灵的尊重，罗

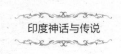
摩和罗什曼那体面地埋葬了加塔俞的尸体。他们的心中燃起了一丝希望，开始寻找哩舍牟迦山。他们在黑暗的森林中走了很多天，最终又到达了一个国家，在他们面前除了广阔的平原之外，还可以看到远处有一座高大的山。

罗什曼那满怀希望地说："看，罗摩，那就是哩舍牟迦山。"罗摩回答说："诸神保佑你说的是真的，弟弟。我们快去吧。"

他们匆匆忙忙地走向这片树林。正当他们准备登上山坡，希望找到加塔俞所说的须羯哩婆时，一只巨大的猿猴从茂密的树丛中跳了出来，挡住了他们的去路。

这只巨大的生物凶狠地叫道："先别急！我是哈奴曼，住在这座山上的须羯哩婆国王的大臣。要想过去，必须告诉我为什么要来这里。"

虽然哈奴曼长相丑陋，举止粗鲁，但他的脸上却有一种仁慈的气质。罗摩本能地感觉到他找到了一个朋友，于是开始讲述他的故事。让他高兴的是，他很快就知道，哈奴曼不仅看到了罗波那的马车向南飞去，而且还看到车上的一个女人扔下了她的饰品，而它们也恰好落在了哈奴曼的手中。猿猴得意地拿出这些宝物，罗摩几乎控制不住自己的眼泪了，因为他认出这条丝巾和闪闪发光的项链就是悉多的东西。

　　罗摩讲完他悲惨的故事后，哈奴曼说："你要是寻求须羯哩婆的帮助，那就跟我去找我的主人吧。"

　　当这只善良的猿猴带着罗摩和罗什曼那爬上山坡时，他告诉他们，须羯哩婆原来是瓦那尔大猿猴族的国王，但他邪恶的弟弟巴利篡

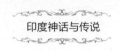

夺了王位，把他从基什钦达王国中赶了出来。 在绝望中，须羯哩婆逃到了哩舍牟迦山，在那里流亡了几年，除了几个忠诚的战士（哈奴曼是其中的首领）外，所有的臣民都抛弃了他。

猿猴说："也许你们可以帮助须羯哩婆夺回他的王位，这样我的主人会很愿意组建军队攻击罗波那的，因为恶魔一直是我们种族的敌人。"

在山顶上，被流放的须羯哩婆国王坐在那里，为他犯下的错误而苦恼。当他听完罗摩的故事后，他满是悲伤的脸上闪耀起希望的光芒。他说："如果你拥有强大的武器，罗摩，我求求你帮助我，因为我无法一个人战胜我兄弟巴利的力量和诡计。"

罗摩高兴地答应了。作为回报，须羯哩婆承诺，如果他夺回王位，就派瓦那尔族的军队寻找悉多。

罗摩请求不要耽搁了，于是他和罗什曼那在瓦那尔族的护送下，立刻前往了基什钦达王国。当篡位者巴利听说他的兄弟须羯哩婆正打算向他进攻时，怒气冲冲地冲上前迎战，这两只强大的猿猴打得热火朝天，带着满腔仇恨大叫着。一开始，罗摩站在一旁，希望须羯哩婆能够不费吹灰之力就战胜巴利，但战势不妙，这个篡位者很快就要赢了。为了不让须羯哩婆毙命，罗摩放出了一支魔箭，瞬间就杀死

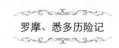
了巴利。

接着，哈奴曼号召瓦那尔族集结在他们之前的国王周围。由于他们都已经厌倦了巴利的统治，瓦那尔部落都热情地欢迎须羯哩婆。

国王向罗摩连连道谢，并保证等他的王国恢复了和平与秩序，他就会派出大军寻找罗波那和悉多。但不幸的是，须羯哩婆被重夺王

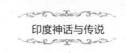

权的喜悦冲昏了头脑，整日大摆宴席享受。一个月过去了，他也没有为寻找魔王做任何准备。

最后，哈奴曼为他主人的可耻行为感到羞愧，设法劝说须羯哩婆遵守诺言。于是，国王派了四支强大的瓦那尔军队朝四个方向去往基什钦达，尽最大努力查探罗波那把悉多藏在了哪里。

罗摩焦急地等待着这些军队的归来，但令他失望的是，除了向南去的那支军队，所有军队都回来了，没有带回来任何关于罗波那和悉多的消息。

罗摩现在不得不把所有的希望都放在哈奴曼指挥的南方军队身上，但几个月过去了，这支军队还没有回来，以致基什钦达王国里人心惶惶，人们担心灾难会降临到勇敢的瓦那尔族身上。

虽然哈奴曼和他的军队在旅途中遇到了重重危机，但他们安然无恙。由于哈奴曼发过誓，如果没有悉多的消息，他绝不会回来，所以他带领他的军队向南越走越远，穿过沼泽和丛林，越过山丘和平原，来到了冲刷海岸的海洋附近。在这里，他的不懈寻找终于有了回报。

在一座山顶上，他发现了一只叫僧婆底的老秃鹫，它是为保护悉多而丧生的善良的加塔俞的兄弟。僧婆底在一次飞越太阳的大胆

尝试中烧焦了翅膀，现在正在休养。他告诉哈奴曼，在他从那令人眩晕的高空坠落下来之前，他看到罗波那的马车在兰卡岛的海岸上降落了。

僧婆底继续说："马车上有一个俘虏在挣扎，她一定就是你要找的悉多，但我担心你永远无法救出她。"

"为什么不能呢？我会带领勇敢的瓦那尔族前往兰卡岛，恶魔们在我们面前一定抱头鼠窜。"

僧婆底说："但是你和瓦那尔族永远也到不了那个岛，因为它被一大片险恶的海洋所包围，除了罗波那和他的恶魔之外，没有人能够渡过这个海。"

僧婆底的话并没有破坏哈奴曼的喜悦，相反，这个勇敢的猿猴并没有把这个好消息告诉罗摩，而是决定自己到兰卡岛去看看恶魔有多强大，以及解救悉多的最佳方法是什么。哈奴曼离开他的军队，休息了一段时间就溜到了海边。不幸的是，他发现僧婆底的警告是非常正确的，因为虽然他可以看到远处的兰卡岛，但难以越过茫茫大海。不过，哈奴曼并没有被这个困难吓倒，他很快就想到了一个可行的办法。

他一直以其超常的跳跃能力而闻名。他决定铤而走险，跳过汹

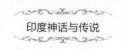

涌的水面，即使这次尝试可能会让他失去生命。他毫不犹豫地爬上岩石，飞身一跃，他高兴地发现自己跳到了兰卡的海岸上。

哈奴曼被自己的壮举惊呆了。他环顾四周，惊讶这样一个邪恶的地方竟然如此美丽。他脚下柔软的草地上缀满了鲜花，周围的树木结着果实，远处是城市闪闪发光的金墙和白色的塔楼——那是可怕的罗波那的家。

哈奴曼对自己说："毫无疑问，悉多就被藏在那边的城市里，但我要等到夜幕降临才能开始找她。"

于是，他在城外徘徊，直到城内昏暗下来，一片安静。由于担心自己巨大的体型会引起别人的注意，他把自己变成了一只小猴子，灵活地爬上金墙，进入了这座迷人的城市。

宽阔的街道上有面目狰狞的哨兵把守，但他们并没有发现这只小猴子。他迅速地跑到一座宫殿的门前，希望在那里找到悉多。

他匆匆穿过可怕的恶魔们睡觉的奢华的前厅，到达了一个用黄金和宝石装饰的宽敞的房间。在这里，可怕的罗波那躺在一个水晶台上，他盖着厚厚的被子。哈奴曼看着这个睡着的大王，多么希望结束它邪恶的生命。

但在他攻击罗波那之前，还有一些事要做。哈奴曼悄悄地走到

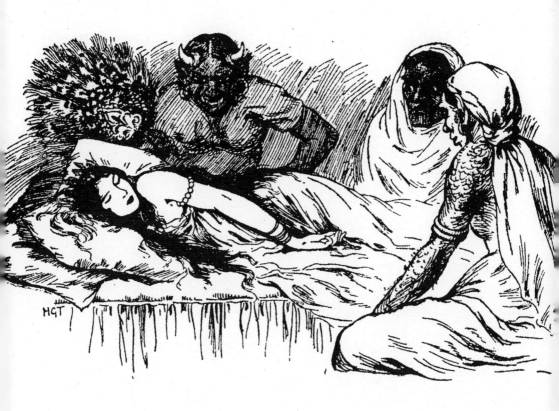

女人们睡觉的房间，他急切地搜寻着悉多，但女人们的脸都非常丑陋可怕，他知道悉多不在其中。

他继续寻找，但找遍了整个宫殿都没找到。于是他再次来到月光下，思考悉多会藏在城中的哪座宫殿里。

忽然，他瞥见一座白色的小楼，半隐在一片无忧树树丛中，他

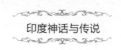

觉得这可能是藏悉多的地方，便急忙赶去。当他透过窗棂偷看时，他几乎抑制不住地欢呼起来，因为一群女恶魔之中躺着一个他见过的最美丽的女人。他知道他终于找到悉多了。

她没有睡着，因为他能听到她轻轻的啜泣声，但他不敢叫她的名字，以免吓到她，引起看守的怀疑。于是他坐在床边，等待时机与她说话。

黎明将至，太阳一升起，宫殿里就传来了喇叭声。不久，罗波那就带头走出来，向小楼走去。

悉多听到魔王的脚步声，吓得浑身发抖，她四处寻找逃脱之法，但都没有用。恶魔看守仍然包围着她。

罗波那进入小楼的时候，叫道："我耐心地追求你很久了，现在我再问你一次，你愿意成为我的新娘吗？"

"绝不，"悉多坚定地回答，"让我静静吧，你这个邪恶的国王。"

罗波那恳求了她很久，但毫无用处，于是他怒气冲冲地走出了小楼，喊道："如果你还拒绝我，我一定会杀死你。"

罗波那走后，悉多来到窗前，哈奴曼的机会终于来了。

"罗摩。"他轻轻地说。

悉多猛地一惊，但除了眼前的小猴子外，她没有看到任何人。她想她一定是做梦听到其他人叫她心上人的名字了。

"罗摩。"哈奴曼再次低语，他拿出了罗摩给他的一个金戒指，上面刻着王子的名字。

看到丈夫的信物，悉多高兴得差点晕倒，但哈奴曼恳求她控制住自己的情绪，因为一旦恶魔看守察觉有异，他的营救计划就会彻底失败。

于是，悉多努力恢复了理性。看守虽然看到了窗外那只喋喋不休的小猴子，但没有放在心上，他们没有想到悉多正听着最重要的消息。

哈奴曼向被俘的公主承诺，他会立即带罗摩来救她。而悉多则警告他，需要一支庞大的军队才能打败居住在兰卡的大批恶魔。接着，哈奴曼嘱咐她不要失去希望，就离开了。

然而，不幸的是，当他离开城市时，他根本无法克制自己对罗波那施以报复，于是他恢复了原形。他搬起巨大的树木和石头，向罗波那宫殿的墙壁砸去，完全没有想到这个轻率的行为可能造成的后果。

哈奴曼对这一破坏欣喜若狂，没有注意到恶魔正从四面八方赶

来攻击他。当他最后意识到自己的危险处境时，他抓住一根大理石柱作为武器，跳上了罗波那宫殿的屋顶。

"罗摩万岁！"他喊道，把大理石柱砸在闪闪发光的塔楼上，"我是哈奴曼，他的朋友，我毁灭了罗波那和他邪恶的勇士。"

然后，哈奴曼飞身一跃，相信自己一定可以落到敌人够不到的地方，但不幸的是，在飞跃的过程中，他还是被一支飞来的箭射中，倒在地上，被一群尖叫的、一心想报仇的恶魔包围了。

哈奴曼只受了点轻伤，但他现在完全被敌人控制住了。他们给他戴上锁链，把他拖到罗波那面前。罗波那说，对于这样一个无礼的入侵者来说，立即处死的惩罚太轻了。

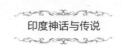

国王的命令是：点燃这只搜集情报的猴子，慢慢烧死他。

恶魔们带来了浸过油的棉布条，把它们绑在哈奴曼的尾巴上；然后点燃了这些布条，站在一旁幸灾乐祸地看着这只可怜的猿猴被折磨。

当哈奴曼看到自己的尾巴着火了时，万分绝望。因为他意识到，由于他愚蠢的冲动行为，他现在已经失去了拯救悉多的机会。

火势越来越旺，他开始恳切地向火神阿贵祈祷，希望他能将火焰扑灭，这样悉多就有可能获救了。

当时，阿贵似乎听到了这一请求，因为火焰并没有越烧越旺，而是逐渐熄灭，最后只有哈奴曼尾巴上的火苗了。

哈奴曼受尽折磨的身体渐渐冷却下来时，他用强大的力量冲破了束缚，从惊呆的敌人身边跃过，来回甩动他的尾巴，点燃了它碰触到的一切。

在恶魔们还没意识到哈奴曼在做什么的时候，他们美丽的城市就燃起了熊熊大火。在恶魔们惊惧、混乱的空当，哈奴曼逃了出来，继续四处破坏。

他迅速地逃到海的边缘，扑灭了尾部的火，然后准备再次跳过汹涌的海。这时，他像被泼了一盆冷水，恐惧萦绕上心头：如果悉多

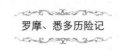

在燃烧的城市中丧生怎么办？

哈奴曼一刻不停，急忙回到小楼里。让他感到欣慰的是，悉多还在那里，在警告她躲起来后，他回到海边，用强有力的弹跳，重新越过海洋回去寻找罗摩了。

第四章　战胜罗波那

哈奴曼迅速赶回了基什钦达，当罗摩听说悉多还活着并且没有受伤时，喜悦之情溢于言表。但哈奴曼警告他，营救被俘的公主一定会十分险恶，因为除非海浪的怒气消退，否则大批军队不可能登陆兰卡岛。

须羯哩婆国王很愿意给罗摩一支庞大的军队，数百万瓦那尔族也纷纷赶来，为有机会攻击他们的老对手恶魔而欢欣鼓舞。但是，当罗摩、罗什曼那和哈奴曼率领的强大部队行进到南部海岸时，他们发现大海仍在狂暴地咆哮。对可怜的罗摩来说，拯救悉多的日子似乎还是那么遥远。

但是，瓦那尔军队得到了意想不到的帮助——奇怪的是，支援来自兰卡岛。

自从哈奴曼逃跑，恶魔们就一直很烦恼，因为他们意识到栖息

地兰卡岛已经不再是敌人无法进入的地方了。如果一个瓦那尔族就能对他们美丽的城市造成如此大的破坏，那要是一大批这样的物种登陆上岛会发生什么？

罗波那觉得罗摩现在肯定会在哈奴曼的帮助下背水一战，营救悉多。因此，魔王与他的战士们商议，如何在受到攻击时用最佳方法守住城池。

一些恶魔首领认为她是所有麻烦的根源，恳求罗波那杀死悉多，然后带着强大的军队前去迎战，这样罗摩和他的军队必败；另一些人则认为最明智的做法是留在城内。维毗沙那是罗波那的弟弟，他已经厌倦了国王的暴行，恳求罗波那将悉多还给她的丈夫，从而阻止恶魔和瓦那尔族之间的战争。

　　然而，罗波那对这一建议非常生气，两兄弟之间发生了激烈的争吵。维毗沙那为了不再参与罗波那的邪恶计划，逃离了兰卡。只有恶魔能够毫无困难地渡过这片海，因此，当维毗沙那突然出现在罗摩等人面前，请求加入他们的军队时，驻扎在海边的瓦那尔族惊讶不已。

　　他对罗摩说："我已经厌倦了罗波那的暴政和恶行，我很想帮你找回你的悉多，你实在太可怜了。"

　　起初，瓦那尔人认为维毗沙那是间谍，但罗摩觉得这个恶魔王子是真诚地给他们提供帮助的。他问，瓦那尔人的军队如何能到达兰卡岛。因为他们中除了哈奴曼，没有一个人有足够的力量跃过水面。

　　维毗沙那回答说："必须为他们建一座桥。让你的部队中最强大的人把巨大的岩石和粗树干投进大海，这样就可以为他们建成一条堤道了。"

　　虽然听起来很困难，但成千上万雄心勃勃的瓦那尔族立即听从了这个建议，马不停蹄地开始工作。他们连根拔起树木，从悬崖和山丘上砸下巨大的岩石。当这些东西被扔进海里时，一座桥慢慢建起来了，只用五天时间就一直延伸到了兰卡岛的海岸。

　　然后，在夜里，罗摩带领瓦那尔军队沿着堤道在兰卡岛安全登

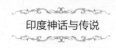

陆，在离城市有一定距离的地方扎营。

罗波那从他宫殿里的瞭望塔上注意到了敌人的到来，当他看到瓦那尔军队的强大力量时，惊恐万分。他急忙唤醒沉睡的勇士们，命令他们立即做好战斗准备。天一亮，魔王就带着无数凶猛的勇士从城里出发了。

瓦那尔人和恶魔们之间有史以来最激烈的战斗爆发了。罗摩的部队用大石头和连根拔起的大树作为武器，尽全力投向敌人；但是，尽管他们用这种方法杀死了无数的恶魔，恶魔队伍的力量却似乎分毫未减。勇敢的瓦那尔族被恶魔们挥舞的毒矛和射出的毒箭折磨得痛苦不堪，在第一天的战斗结束时，罗什曼那受了伤，几乎丧命。幸运的是，善良的哈奴曼就在身边，用草药治好了受伤的王子，罗什曼那很快又能领导瓦那尔族了。

激烈的战斗持续了许多个日日夜夜。一开始，罗波那和他的恶魔们似乎占了上风，但命运的指针逐渐转向罗摩。罗波那最强大的战士一个接一个地倒在罗摩的魔箭下，直到魔王在绝望中决定让他唯一剩下的弟弟婆迦哩纳加入战斗。

婆迦哩纳是一个体型高大的巨人，是所有恶魔中最强壮的。不幸的是，他一直是罗波那的麻烦来源，因为当他移动时，他那笨重的

四肢很容易给美丽的兰卡岛造成破坏，而且他的胃口非常大，永远吃不饱。因此，罗波那强迫这个可怜的巨人休眠，每年只允许他醒来两次，享受几个小时的自由。

现在还不是唤醒婆迦哩纳的适当季节，但罗波那下令立即唤醒巨人，并告诉他恶魔大军已经到达生死攸关的境地。

然而，唤醒婆迦哩纳是一项艰巨的任务，因为不管恶魔们在巨人的房间里如何拍手大叫，他都一动不动；就算是在他耳边吹喇叭，平静的鼾声都不会停止。最后，恶魔们把大象和骆驼带到他宽阔的房间里，用棍子抽打它们，让它们发出痛苦的嚎叫，但婆迦哩纳仍然在睡觉，直到动物们被赶到他巨大的身体上，他才动了动，迷迷糊糊地问道："为什么在规定的时间之外叫醒我？"

恶魔们急忙解释他们被要求唤醒他的原因。婆迦哩纳咆哮道："是罗波那自己做了坏事，激怒了罗摩和这些瓦那尔族。尽管如此，我还是要向他们宣战。"

酒足饭饱之后，婆迦哩纳慢慢走了出来，准备战斗。

大巨人的出现引起了瓦那尔族的恐慌，成千上万的人死于这个可怕的恶魔之手。但罗摩带着老圣人投山仙人给他的魔弓勇敢地冲上去，在瓦那尔族的欢呼声中，他射出了一支箭，正中婆迦哩纳的

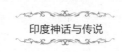

心脏。

这个巨人倒在地上，无数的恶魔被压死在他的尸体下。但现在，对于罗摩来说最大的考验要来了。

罗波那急忙用他所有致命武器武装自己，愤怒地号叫着向王子挑战。罗摩设法挡住了敌人的毒镖和长矛，但自己的法器似乎已经失去了威力，因为他向罗波那射出了一支又一支的箭，但魔王仍然毫发无损。

但最后，就在他的力量和耐力开始衰竭的时候，胜利降临到罗摩身上。

他所有的箭中最锋利的一支正中罗波那的心脏，罗波那在他的勇士的哀号声中倒地而死。

现在，仿佛上天也在为罗波那的死亡而欢欣鼓舞：天空中响起了音乐，看不见的手在战场上撒下了花朵，在疲惫的罗摩耳边，甜美的声音在呼喊着："众神和凡人的卫士，你做得很好！"

看到国王死了，众魔也停止了攻击，放下武器，向征服者瓦那尔族投降了。

罗摩立即宣布维毗沙那为兰卡岛的新国王，然后心急如焚的王子就赶紧去寻找妻子了。

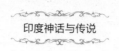

悉多独自在她的小楼里，看守们早已四散而去。听到脚步声，她害怕地抬起头来，生怕是罗波那来骚扰她；但一看到是罗摩，她冲了过去，高兴地投入他的怀抱。

起初，罗摩和悉多很难相信残酷的分别已经结束了，但王子很快又高兴地想到，他心爱的妻子回到他身边的这一刻，正是他被放逐出阿约提亚的判决到期时。

当善良的哈奴曼听到这个消息时，他坚持要赶到阿约提亚，通知婆罗多王子罗摩和悉多即将回到王国的这个好消息。维毗沙那很快就在被击溃的恶魔中建立了秩序，他造了一辆神奇的马车，供幸福的王子和公主使用。然后，罗摩和悉多踏上了由天鹅拉着的花车，并向维毗沙那告辞。维毗沙那留在兰卡，贤明而仁慈地管理着他的领地，从此，恶魔们不再打扰神和凡人的和平。

天鹅带着花车在空中飞翔，经过一段快乐的旅程，很快，罗摩和悉多到达了阿约提亚，城里的居民非常欢迎他们的归来。

婆罗多王子很高兴地把政权还给了他的兄弟。经过繁杂的准备，罗摩和悉多的加冕仪式终于举行了。这次再也没有嫉妒的人来搞破坏了，曼他罗已经死了，吉迦伊王后早已对她的恶行后悔不已。她请求罗摩宽恕自己，罗摩爽快地答应了。

　　罗什曼那因其对罗摩的忠诚而得到了很高的荣耀，善良的哈奴曼带着罗摩赏赐给自己和国王须羯哩婆的丰厚礼物回到了基什钦达。但相比黄金和珠宝，这只高尚的猿猴更看重的是罗摩和悉多对他的爱和感激。

　　罗摩和悉多的流浪生涯就此结束了。他们的多年统治中，国家一直充满了和平和幸福。由于他们做出的好榜样，憍萨罗国到处呈现一片欢乐和繁荣的景象，每个人都爱邻如己。不仅凡人心满意足，众神也很高兴地看到，随着可怕的罗波那的死去，悲伤和罪恶都已经从这片土地上消失了。

迦梨的诅咒

尼娑陀国的国王那罗很受臣民的爱戴。他年轻英俊，是一位明智而公正的统治者；他精通艺术和科学，在整个印度，论驾车技术，没有人能够比得上他。事实上，他只有一个缺点——喜欢赌博，这也使他付出了沉重的代价，就像你将在后面的故事中听到的那样。

邻国达婆国国王的女儿达摩衍蒂被誉为世界上最美丽的少女，她有无数的追求者。但每当她的父亲催着她接受表白时，她都会坚定地回答："亲爱的父亲，我只和我爱的人结婚，而我还没有遇到他。"

不久，达婆国国王失去了耐心，宣布他要为他的女儿安排一个招亲大会。达摩衍蒂对此非常震惊，因为作为一个求婚者展示自己的

节日，一旦召开招亲大会，自己就必须从他们中选择一个人作为新郎。一位少女在举办了招亲大会仪式后，就必须嫁出去，所以可怜的达摩衍蒂为被迫出嫁而暗自哭泣。

那罗受邀参加招亲大会，他渴望却又害怕在公主面前展示自己。仅仅通过别人对公主的描述，他就已经爱上了她。但他很谦虚，尽管他有各种优势，他仍然认为自己在这么多的求婚者中没有什么成功的机会。

节日前不久，他在河边散步时，一只天鹅游了过来。那罗想，这样的鸟如果在他的花园里的莲花湖上游会是多么好看啊。于是他紧紧地抓住了天鹅细长的脖子。

鸟儿可怜兮兮地喊道："让我走吧，那罗。"

"不用害怕，"国王回答说，"我不会伤害你的。你可以住在我的莲花湖上，拥有你想要的一切。"

"但我只想要一样东西，"天鹅说，"那就是我的自由。把它还给我吧，国王！你会心想事成的。"

"那就还你自由吧，"那罗喊道，松开了天鹅的脖子，"但愿我也能如此轻易地完成我的心愿！"

"你会如愿的，"感激的鸟儿说，"听着，那罗！你渴望得到达摩衍蒂公主的心。好吧，我会飞到达婆国，寻找公主，在她娇嫩的耳边唱出对你的赞美，让她一想到你就会爱上你。"

"那就去吧，鸟儿！"那罗高兴地叫道。

天鹅张开翅膀，不停地飞，直到到达了达婆国。它发现公主独自在她的花园里，遣散了她的随从，因为她想独自思考她的未来。她的明眸浸满了泪水，脸颊苍白，但她的美貌仍然令人心醉。天鹅停在她的脚下，向她唱起了那罗，唱起了他的美德，唱起了他英俊的外表，唱起了他对她的爱。达摩衍蒂听着，她苍白的脸颊像玫瑰一样发出了光芒，心也在飞速地跳着。

"哦，天鹅！"她羞涩地说，"回到这个无与伦比的国王身边，告诉他，如果他真心爱我，我不会在招亲大会上选择其他人。"现在，达摩衍蒂终于不再害怕这个节日，而是热切地期待着它，因为她渴望看到那罗。当这个盛大的日子到来时，她穿着华丽的衣服，戴着珍珠和闪亮的宝石，坐在她的宝座上，手持花环。强大的国王和王子在她面前走过，但她一直低着头，直到那罗到来；然后，她站起来，把她的花环扔在他的肩上。欢呼声夹杂着被拒绝的求婚者悲伤的低语，在巨大的大厅里回荡，那罗因此被宣布为她爱的新郎。

达婆国国王对他女儿选择的丈夫很满意，很快就举行了婚礼，

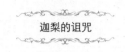
之后那罗和他的新娘出发前往了尼娑陀王国。

他们刚离开宫殿，一个迟到的求婚者出现了，他叫迦梨，实际上是一个披着王子外衣的恶灵。当他得知那罗娶走公主时，怒不可遏，于是对那罗下了一个恶毒的诅咒——那罗下次玩骰子时，可怕的灾难就会降临在他身上。

那罗对这个诅咒一无所知，但在婚后很长一段时间里，他都不敢赌博了。他和达摩衍蒂以及他们所生的两个可爱的孩子在一起太幸福了，根本没有其他精力考虑掷骰子。然而，有一天，他的弟弟布湿迦罗向他挑战。那罗觉得拒绝不礼貌，所以坐到了桌子边。

现在，迦梨的诅咒开始生效了。那一天，那罗逢赌必输；但是，他坚信自己一定能转运，于是要求明天继续游戏。日复一日，虽然达摩衍蒂让他们停下来，但这群赌徒却并未收手。那罗把黄金和财宝都输给了他的兄弟，自己却没有赢过一回。最后，达摩衍蒂开始担心她孩子的未来，于是在一个忠实的仆人的带领下，把他们送到了她父亲的王国里。

赌博仍在继续，直到那罗赌输了他的王国。他从赌桌上站起来，人几乎要垮掉。

这时，长期以来一直嫉妒那罗的布湿迦罗恶狠狠地说："你还有

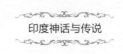

一样东西可以赌，哥哥，让我们赌上达摩衍蒂吧。"

那罗默默地看着他，然后脱下他的王冠和所有的珠宝，走出了宫殿。他还没走多远，达摩衍蒂就追上了他，她穿着一件朴素的袍子，没有任何装饰品。

"亲爱的丈夫，"她喊道，"你真的要离开我吗？我们一起回到我父亲的王国吧，那里有我们的孩子在等着我们。"

但是那罗对自己的坏运气和无用非常懊恼，他回答说："我要作为一个强大的国王来到你父亲的宫殿，怎么能作为一个乞丐回到那里？你自己去找你的父亲吧，达摩衍蒂，让我离开吧。"

虽然他反对，达摩衍蒂还是跟着他。他们在城郊的一个幽深的树林中徘徊。夜幕降临，他们仍然垂头丧气地走着，直到达摩衍蒂在极度疲惫中沉沉睡去。

被不幸逼疯了的那罗对自己说："如果我抛弃了达摩衍蒂，她肯定会回到她父亲的王国，这比和我一起当乞丐被抛弃的命运要好多了。"

于是，尽管离开时心都快碎了，但那罗还是逃走了。当达摩衍蒂在黎明时分醒来时，她发现森林里只有自己一个人了。她认为他一定就在不远处，于是一遍遍地呼喊着那罗的名字；她跑来跑去找着，

但到处都找不到他的踪迹。最后，她终于明白了真相：那罗离开了她，让她独自回到她自己的人民那里。

不幸的王后不知道自己该做什么，在森林里迷失了。可怕的野兽在四处徘徊，但没有一个靠近伤害她。她以野菜为食，维持自己的生命。许多天后，她来到一片空地上，一群商人带着商队和马匹在那里扎营。

当他们看到一个美丽的、蓬头垢面的女人时，惊讶地叫了起来。达摩衍蒂恳求他们告诉自己，在旅途中是否见过那罗。商人们没有给她带来好消息，但他们正好在去达婆国的路上。达摩衍蒂在绝望中加入了他们，并被带回了她父亲的宫殿。

她的父母对那罗很生气，但对他们的女儿充满了爱和怜悯，他们温柔地安慰了达摩衍蒂，并把她带到她的孩子面前。孩子们正在快乐地玩耍，对所发生的事情一无所知。她恳求父亲派信使去寻找那罗，为了安抚她，达婆国国王指示他的仆人找遍所有邻近的王国，无论他们走到哪里，都要喊一喊那罗的名字。

在这期间，可怜的那罗经历了什么呢？离开达摩衍蒂之后，他一直在流浪，直到他走到离达婆国很远很远的阿约提亚王国。在经过一片小树林时，他听到了一声呼救声，发现一条蛇被囚禁在树干里。

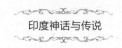

其实，这条蛇是蛇王，被邪恶的迦梨所伤害。那罗把他放了出来，蛇王对他感恩戴德，并问他自己能为他做什么。

"唉！你还能怎么帮助这样一个落魄的人呢？"那罗痛苦地喊道，他向蛇王讲述了他的不幸遭遇。

蛇王说："这一切的恶事一定是迦梨的杰作，一定是他诅咒了你。不要害怕，如果你听从我的建议，你一定能用智慧战胜他。"

然后它告诉那罗，他必须担任阿约提亚国王的首席马车夫，过一段时间一切都会好起来的，但他必须有耐心。令那罗吃惊的是，蛇王用毒牙咬了他的手，然后让他在附近的小河里看看自己。

那罗看着自己在水中的倒影，惊叫一声，因为他发现自己变成了一个驼背、丑陋的人。

蛇王说："这样就不会有人认出你了。这里有一件魔法背心，当你想重现真容的时候，穿上这件背心，你就会恢复原形。认真地遵循我的指示，你一定可以再次统治你的人民。"

那罗感谢了蛇王，并把魔法背心放进口袋里上路了。他来到阿约提亚国王面前，自称瓦胡卡，问国王陛下是否需要马车夫。国王让他展示一下对马匹的驾驭能力，并对这位所谓的瓦胡卡精湛的驾驭能力大加称赞，立即任命他为首席马车夫。

尽管瓦胡卡的外表并不显眼，但国王对他越来越有好感，并从他那里学到了许多关于马匹管理的知识。作为回报，精通游戏的国王向那罗传授了关于掷骰子的秘诀。一天，当那罗载着国王在路上行驶时，信使们来到了这里，呼唤着那罗的名字，并告诉他，他的妻子达摩衍蒂求他回到她身边。

国王让他的车夫勒马停车。他问了信使一些问题，然后告诉他们，据他所知，在他的王国里没有叫那罗的人。

但是信使们看到了国王的车夫精湛的技术，以及他在听到达摩衍蒂的名字时眼睛里的泪水。于是，他们匆匆赶回达婆国，寻求悲伤的王后的帮助。

他们喊道："王后，我们在旅途中没有找到一个像那罗的人，但在阿约提亚王国有一个驼背的、丑陋的车夫，他的驭马技术和您的丈夫一样好。而且，他听到你的名字就哭了。但他不可能是那罗，因为他是最直率、最英俊的人，而这个车夫却驼着背，面目丑陋。"

达摩衍蒂思考着这些消息。那罗有可能神奇地改变模样吗？也许是贫穷和痛苦使他发生了这样的变化。她心里觉得这个车夫一定是她的丈夫，但她如何才能寻求到真相呢？她恳求父亲邀请阿约提亚国王来拜访，并把他技艺最精湛的车夫带来，与达婆国的冠军车夫一较高下。

　　阿约提亚国王接受了邀请，并让那罗载他去达婆国。虽然那罗渴望但又害怕去他妻子的家，但他很快拉着国王到达了那里。

　　当马车停在宫殿前时，达摩衍蒂正和她的父亲一起等待迎接这位尊贵的访客。她看了看车夫，心一沉。不，这个丑陋的人一定不是

那罗，但没有人能像他一样驾车这么快。她温柔地问车夫是否看到了她的丈夫。那罗很想表明自己的身份，但羞耻感仍让他闭紧了嘴巴。然后，孩子们被达摩衍蒂叫来，在车夫面前说起他们没有父亲的情况，哭了起来。现在，那罗再也无法控制自己了。他穿上他的魔法背心，恢复了原样，跪在达摩衍蒂的脚下，恳求她的原谅。他告诉她，他的不幸是源于迦梨的诅咒；达摩衍蒂拥抱了他，再次哭了起来，但这次是幸福的泪水。

这一消息传遍整个王国时，人们对那罗的回归感到非常高兴。达婆国国王恳求他和他的妻儿留在那里，但那罗回答说："我要回到我的尼娑陀国，也许我能赢回我的王国，因为诅咒肯定已经从我身上解除了。"

于是，那罗出发前往尼娑陀国，到达后，他来到布湿迦罗面前，向他挑战玩骰子游戏，这次的赌注是他们两人中一人的生命。

布湿迦罗同意了，因为他坚信那罗肯定会输。兄弟俩屏住呼吸掷着骰子，布湿迦罗输了。

那罗说："布湿迦罗！我不会惩罚你，我不会要你的命，但你要把我的王国和我所有的财产还给我，这样你就可以自由地去你想去的地方。"

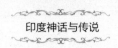

　　于是，那罗再一次统治了尼娑陀国，并与他心爱的妻子和孩子们过上了幸福的生活。

　　但他再也不会被诱惑去赌骰子了，也再也不会被邪恶的迦梨的诅咒所折磨了。

月亮上的兔子

　　一个宁静的夜晚，英国的孩子们抬头看着明亮的月亮，他们看到的是月亮上的记号：一个手拿一捆木柴的人，身旁还有一条狗。但在印度儿童的眼里，这条狗似乎更像一只兔子。如果说起这个记号是怎么来的，这就是他们母亲告诉他们的故事。

　　几千年前，当动物还可以说话，月亮的脸像纸一样清晰时，在一个树林里住着四只聪明的动物——一只兔子、一只豺狼、一只水獭和一头驴。

　　他们是很好的朋友，一天的劳作结束后，他们会聚在一起，互相提建议。兔子是四只动物中最高贵、最聪明的，他总是不厌其烦地给其他人讲美德的故事，并建议他们遵守品德高尚的人坚守的所有

法律。

一天晚上，他在仔细观察了月亮的脸之后，对他的朋友们说——

"明天，好人要禁食，因为我知道那是一个月的月中。他们在日落之前都不能吃东西，那一天他们不会拒绝任何乞丐或僧人的请求。让我们互相发誓，也这样做，努力进步，向人类的高贵靠拢。"其他几个同意了，然后各自回到自己的住处过夜。

第二天，水獭早早起床，心想："如果我遵守这个誓言，到了晚上我一定会很饿！我最好先为自己准备一顿丰盛的晚餐。"于是他向河边走去。这时，一个渔夫在几个小时前钓到了七条大红鱼，他用麻绳把它们串在一起，埋在沙子里。然后，他沿着小河往上走，寻找更多的鱼，打算过会儿再来取他藏起来的鱼。

很快，水獭就闻出来了这些鱼。他想："哈！哈！正好为我准备了一顿晚餐！但是，今天是个神圣的日子，所以我不能真的去偷它。"然后他小声地叫道："有人要这条鱼吗？"当然没有人回答，于是他兴高采烈地把鱼带回了家，并把它放在一边，准备晚上吃。然后，他就躺下睡觉了，以打发禁食的时间，以免遇到乞丐或僧人祈求施舍。

当豺狼和猴子早上醒来时，想起了他们的誓言，他们的脑海中

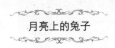

也闪过了同样的想法。豺狼在寻找了一个多小时后，在一个农民的小屋里找到了一只煮熟的蜥蜴和一碗牛奶；而猴子则根本没有寻找，就爬上了一棵树，摘了一串杞果。

兔子在太阳的照耀下醒来，抖动着长长的耳朵，从他的洞穴里走出来，嗅着带露水的草地。他大声说："我不需要抱怨这一天的禁食，因为晚上的时候，我可以靠这些美味的草饱餐一顿，这些草在这里生长得很好。但是，啊！如果有什么乞丐或者僧人来问我要东西，我能给什么呢？我不能给他草，我也没有财产。我只能把我自己给他了。我听说人们觉得兔子的肉很好吃。"于是，他满意地蹦蹦跳跳去冒险了。

现在，帝释神正坐在不远处山顶的云中，听到了这个小动物的决心。他说："我要考验一下他。当然，没有兔子能这样高尚无私。"于是，当夜幕降临时，他从云端下来，化身为一个老僧人，在兔子的洞穴边坐下来，在这只动物走近时，对他说："晚上好，小动物。你能告诉我在哪里可以找到食物吗，因为我已经禁食了一整天，现在饿得没办法祈祷了。"

兔子想起了他的誓言，回答说："晚上好，僧人先生。听说人类很喜欢吃我们兔子的肉，这是真的吗？"

"确实如此。"这个僧人打扮的人说。

"那么，既然我没有其他的食物可以提供给你们，也不能指引你们去找其他的食物，那就把我吃掉吧。"

"但我不能亲手杀死任何动物，因为这是一个神圣的日子，而我也是一个圣人。"

"那就收集柴草，把它们点燃。我会自己跳入火中，当我被烤熟后，你就可以吃我了。"

帝释神听后大为惊叹，但仍不完全相信，他神奇地在地上燃起一团火，于是兔子毫不犹豫地跳进了火堆中间。

不久后，兔子叫道："怎么回事，善良的僧人？火焰在我周围熊熊燃烧，但我的皮毛一丝都没有烧焦；甚至我的胡须也感觉不到一点点热。"

当他说话的时候，火熄灭了。他发现自己不是蹲在灰烬或冒烟的煤渣上，而是蹲在冰凉的甜草上，而在他身边站着的不是老僧人，而是一位光芒四射的神。他洪钟般的声音响起了：

"我是帝释神，小兔子，听到你的誓言后，我想考验你的诚意。像你这样的无私奉献，值得永世的回报。看！你将得到它。"

帝释神向山伸出手来，从山脉中汲取了一些汁液。他把这

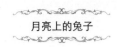

些汁液抛向刚刚升起的月亮，兔子的轮廓立刻被画在月亮的银色表面上。

"小兔子，"神继续说，"你可以永远从天上俯视世界，提醒人们一个古老的真理：'助人者，神恒助之。'"

兔子抬起头来，朝他的新镜子竖起耳朵；但当他转过身来感谢帝释神时，神已经不见了，回到了云端。于是，他心满意足地开始吃晚餐，然后回到他的洞穴里睡着了，满脑子都是草和快乐。

看得见脚印的男孩

在离贝拿勒斯城约二十英里的地方，住着一个叫亚卡的怪物，在路边一个黑暗的大山洞里生活着。她长着马的脸、女人的身体，像母老虎一样强壮凶猛。她以能抓到的一切人类或野兽的肉为生。

一天，亚卡抓住了一个独自前往贝拿勒斯的婆罗门，并很快把他带进了她的洞穴。看到年轻而英俊的他，她问，如果她饶了他的命，他是否愿意娶她。这个婆罗门觉得两害相权取其轻，同意成为她的丈夫。此后，亚卡越来越像人类，越来越温柔。她放弃了像食人族一样的饮食，并千方百计改变自己的习惯和思想。然而，她总是担心婆罗门会离她而去。所以她在出去觅食之前，总是在洞口堵上一块大石头，这样一来，可怜的婆罗门就像奴隶被关在监狱里一样被圈禁起

来了。亚卡已经很高兴了，她每天都在等待过往的商队，要么偷，要么抢，从商队中得来葡萄酒、香料和水果，她和她的丈夫就靠这些东西生活。后来，他们生了一个小儿子。虽然他也总是被关在黑暗、寒冷的山洞里，但很快就长成了一个结实、聪明的小伙子。亚卡非常爱他，也更加关注孩子的父亲，保证他能舒舒服服、快快乐乐的。但是这个可怜的婆罗门依然渴望自由，如果不是他的小儿子帮助他，无疑他很快就会忧郁而死。有一天儿子对他说：

"父亲，为什么我母亲长得和我们不一样呢？"

"因为她是个吃人女妖，儿子，而我们是人类。"

"那为什么我们要和她一起住在这个黑暗的洞穴里，而不是和我们的同类一起呢？"

"因为亚卡在洞口前放了个大石头。它太重了，我搬不动，不然我早就逃出这个牢笼了。"

男孩一听到这句话，就立刻站了起来，用肩膀顶住石头，轻松地把它滚到一边。他飞快地抓住父亲的手，他们跑啊跑，直到还不习惯外面阳光和空气的婆罗门因不习惯用力，变得半盲半晕，男孩甚至也喘不过气来。

"哦，狼心狗肺的丈夫和更不懂得感恩的孩子！"她喊道，"你们

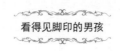

为什么要逃跑？你在我的洞穴里缺什么人类想要的东西吗？难道你没有躺在树叶和苔藓做成的床上过吗？你没有喝过酒，吃过椰枣吗？"

"母亲，"男孩回答说，"我们缺少空气和阳光，而这些对人来说甚至比酒和枣更重要。"

她说："跟我回去吧，你会得到这两样东西的。"于是，他们不得不又回去了。她把大石头打成碎片，允许他们在树林里的路上走来走去。但每当他们离开洞穴超过一英里，就会听到她的大脚在他们后面"咚咚"地赶来。

一天，男孩发现他母亲所能触及的范围只能延伸到向河岸六英里、向山九英里的距离。于是，在一个漆黑的夜晚，母亲快睡着的时候，他和父亲悄悄地走出山洞，向河边逃命去了。他们刚走到岸边，就听到了母亲追来的声音；但男孩没有停下来，他把父亲背在背上，蹚进及腰的河水。走到女妖够不到的地方后，他才放心地转过头来。

"回来吧！回来吧！"她哭着说。

"绝不，"男孩回答，"我们是人，我们应该和我们的同类住在一起，这才是正确的。"

亚卡跪在河岸上，对着流水痛哭流涕；但当她明白自己无法挽回那些已经到了对岸逃走的人后，停止了抱怨。但由于她非常爱她的孩子，她告诉他要给他一个护身符，这个东西在人世间会有很大价值。

"拿着这块石头，"她说，把它扔给他，"把它挂在你的脖子上。它能够让你看到脚印，甚至十二年前的脚印也可以。"

男孩接住石头，小心翼翼地把它系在脖子上，向她表示感谢。然后，他和父亲向母亲挥手告别，继续向贝拿勒斯前进。他一进城就直奔国王的宫殿，要求觐见大维齐尔。他告诉大维齐尔，他有看到脚印的能力。

他说："如果有强盗在国王的国库里搞鬼，我可以帮忙追踪小偷并找到珠宝。请您问一下国王，他是否愿意接受我的服务？"

国王对此喜出望外，因为他非常富有却又吝啬，每天晚上都生怕被抢劫。

"这个小伙子希望我们给他多少钱？"他问道。

"陛下，每天一千卢比。"大臣回答说。国王起初不同意，但是，这个男孩坚持要这个数额，他最终同意了。

几个月过去了，男孩有特异天赋的消息已经传遍了整个贝拿勒斯，所以没有人敢去抢劫国库。

最后，国王把维齐尔叫来，说："我们怎么知道这个男孩不是冒

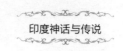
牌货？我们每天付给他一千卢比，而作为回报，在我看来，他除了坐在大理石喷泉附近的地毯上，和他的老父亲一起下棋、喝着美味的饮料外，什么也不做。我觉得我被这个小伙子骗了。所以，我们自己去抢劫一次国库，检验一下他吹嘘的这种能力。"

维齐尔同意了。第二天晚上，两个盗贼闯入了藏有财宝的金库，拿走了许多珠宝和钱，装在麻袋里；他们带着战利品绕着官殿走了三圈，穿过花园，用梯子爬过墙，最后到达了牧场中间的一个水库。他们把麻袋扔进了水库，然后从原路返回了宫殿。

第二天，国王惊呼："王室一些价值连城的珠宝被偷了，必须找到那个小偷！那个能看到脚印的男孩在哪里？"

"我在这里，陛下。"男孩说，盗窃案的消息一传到他那里，他就急忙赶到觐见厅。"我立刻追踪那个小偷。"于是，他从金库出发，绕着官殿走了三圈，穿过花园，在一个地方用梯子爬过墙，最后到达了牧场中间的一个水库。他命人潜到水里，把在水底发现的东西带上来。

"我一路看到两个人的脚印，"男孩说，"他们的身份很高贵。"因为脚步的形状与国王和大臣刚刚留下的脚印完全一致，他非常清楚谁是盗贼，但他忠心耿耿，只能沉默。因为当朝臣们发现这些盗贼就

是国王自己和他的大臣维齐尔时，会多么吃惊啊！

有好一会儿，人们都屏住呼吸站在周围，注视着水库，一言不发。

当潜水者把装满财宝的袋子一个个拿上来时，朝臣们拍手叫好，并挥舞着帽子；但国王看到这个男孩多么值得这份薪水时，暗自失望，对大臣低声说："这都很好，他已经找回了丢失的财产，但谁能说他能不能找到小偷呢？我要再测试一下他。"然后，他转身对小伙子大声说："现在给我找到这些小偷。"

"不，陛下，现在珠宝已经找回来了，小偷是谁并不重要了。"男孩回答。他不想在臣民面前揭穿国王的诡计，他认为人们不会再尊重一个自己扮演小偷、演了一场充满谎言的戏码的国王。

但国王坚持说："如果你找不到小偷，我就不会再给你这么高的薪水了。因为，不管怎样，我都很想惩罚这个坏人。"

"国王，请注意你的言辞，"男孩叫道，他仍然急于保护他的君主，"如果人民所依赖的人让他们失望，对他们撒谎，监守自盗，人民会怎么做？"

国王笑了。他太愚蠢了，警告得这么清楚了他都没明白。

"人民应该惩罚这样的人。"他只说了这句话。

"那我要不要说出这些小偷的名字？"男孩最后一次问道。

"当然，否则我就把你每天的一千卢比减少到一百卢比。"

"你和你的大臣。哦，国王！你们就是小偷！"

当朝臣和人民得知他们的国王卑鄙到使用这种小把戏，与他的大臣一起扮演小丑和无赖，只为了克扣他完全有能力支付的薪水，便认为国王不配坐在受信任的宝座上。于是，人们将他废黜并流放，将王冠戴到了能看到脚印的男孩头上。

国王的圆柱

从前有一个国王，住在贝拿勒斯，他一心想为自己建造一座全印度最好的宫殿。但是，如果不付出高额的费用和一番心血，是不可能建成一座更奢华、更高大、更坚固、更漂亮的宫殿的。于是，为追求新奇，他决定把整个宫殿建在一根圆柱上——但我是不可能告诉你它的形状是否会像鸽子窝的。

他把他的大臣叫来，说："派人到各地的森林里去，让他们把能找到的最粗壮的树砍倒，立即带到城里来。"

维齐尔立即派出了三十名林务官，他们很快就回来说，虽然在国王的森林里有许多同样又粗又大的树木，但他们无法穿过森林和城市间崎岖坎坷的地方，把这些树带来或者拖来。

　　国王听到这个消息后，把林务官们叫来，对他们说："用马匹，一定能拉来其中的一棵树。"

　　"这是不可能的，最尊贵的陛下，"他们回答说，"没有一匹马能把这样一棵树拉动哪怕一英寸。"

"那就用牛吧。"他说。

"这也不太可能，最杰出的陛下，牛也穿不过这么大的密林。"

"那就用大象吧。"

"更不可能了，最开明、最受尊敬的陛下，因为地上有很多沼泽，大象一定会深陷其中。"

"很好，"国王生气地说，"那你们必须在我的园林里给我找一棵同样大的树，并在七天内把它带到这里来。"

林务官们离开了，直接去了离皇宫不远的一棵茂盛的娑罗树那里，这棵树经常受到周围许多村庄的人的朝拜，因为它里面住着一位神，是他给了这棵树不寻常的力量、高度和美丽。

因此，当林务官不得已决定用这棵高贵的娑罗树，而不是用别的树建造国王的圆柱时，他们带着花环、灯和音乐来到这里，向里面的神献祭，并提醒他赶紧离开他的住所，因为七天之内树就会被砍掉。

他们点燃了灯，围着树摆了一圈；把花环挂在树枝上，在树叶间系上小花束；然后，他们中的一些人手拉手跳舞，另一些人用鲁特琴和齐特琴演奏音乐，还有一些人唱道：

"我们带着锋利的斧头和锯子而来，

劈开树干，您长年的家。

仁慈的树神，

请您不要惩罚围绕着您跳舞的我们，

我们只是听国王的命令。

请您听我们的话，

开始恐惧，抓紧逃走啊。"

树神听到了，并对即将发生的事情感到很震惊。他像无风时一样安静了一会儿，然后他所有的叶子都开始低声说话，最上面的树枝点了点头。看到树神听到了他们的歌，林务官满意地走了。现在，这是叶子互相之间的低语——

"一……一旦……国王的决定被实施，不仅我们会死，我们的神灵也会死，因为娑罗神不能在其他地方生存，而且我们倒下会压垮所有在我们保护下成长起来的小娑罗树。我们自己倒没什么，但是为了我们的孩子，希望国王从来没有过这个愿望，沙……沙……沙……"

窃窃私语声消失了。

树中的娑罗神想："这一定不行，我必须去找国王，劝劝他。"

那天晚上，国王睡着的时候，一个闪着光的人影出现在他的梦中，用沙沙的声音说道："国王，我是娑罗树之神。你的林务官今天

告诉我你要杀掉我。我是来请求你收回成命的。"

"不，我不能，"国王回答，"你的树是我所有园林里唯一一棵足以支撑一座宫殿的树，因此我必须拥有它。"

"想想吧，国王！六万年来，我一直被许多村庄的人们所崇拜，而我也给他们带来福利。鸟儿在我身上筑巢；我在我身下的草地上提供了一个茂密如盖的树荫；人们靠在我的树干上休息，动物在我身上蹭痒，享受着凉爽。大地都祝福我。"

"是的，这确实是真的，善良的娑罗神，但我不能因为这一切而放过你。我的意志是不动摇的。"

然后树神把头低在胸前，悲哀地说："那么，伟大的国王，请答应我最后一个请求。请您把我锯成三段：先是我的头，顶着巨大的绿色树冠；其次是我的身体，长着一百根强壮的树枝；最后是我的根，上面承载着我最多、最紧密的根系。"

"这个要求很奇怪，"国王说，"我从来没有听说过一个人愿意遭受三次死亡的折磨。为什么不只忍受一次痛苦就死去呢？说出你的理由。"

"确实如此。我的家人围绕着我成长。几十棵年轻的娑罗树从我身上长出，在我大片的树荫下茁壮成长。如果你把我砍倒，我的重量

肯定会把我所有的孩子压死；但如果分三段把我砍倒，一些小家伙可能会逃脱。您可以同意我的请求吗？"

"当然可以。"国王说，树神随即消逝在虚无之中。

第二天早上，国王把他的大臣和林务官叫来，告诉他们，他改主意了，新宫殿的圆柱要用石头而不是木头建造。国王说："在娑罗树里，住着一个比我更高贵的灵魂。"他讲述了梦中所见，人们都惊讶不已。